心中しぐれ吉原

JN251965

〈目次〉

第一章　疼き

——ずきずき疼《うず》きやがる。

心が痛くてたまらない。

隅田川の川風に吹かれているのに、胸に太い畳針でも刺さっているほど熱っぽく疼いている。生きているのが苦しくて、眉間《みけん》に深いしわが寄る。

「文七《ぶんしち》、もう気にしないがいいぜ」

猪牙《ちょき》舟《ぶね》のうしろにすわっている平十郎《へいじゅうろう》が声をかけてよこした。浅草寺《せんそうじ》の五重の塔に顔を向けていたので、苦り切った横っ面を見られてしまった。

「忘れっちまえ。役者と心中した古女房なんかよ」

平十郎の声が耳に障る。たしかに忘れたほうがいいのかもしれない。女房のみつは、この春、不忍池《しのばずのいけ》のほとりの出《で》逢茶屋《あいぢゃや》で役者と心中した。みつが、なぜそんなことをしでかしたのか、てんで合点がいかない。

——なにかの間違いだ。

強くそう信じている。惚《ほ》れ合って夫婦になったみつが、よその男と心中するなんて、とても信じられない。

――無理に殺されたに違《ちげ》えねぇ。

ずっとそうかんげえている。町役人にもそのとおりに話した。みつが心中などするはずがねえ。しかも相手は売れっ子の若い役者ときている。どうしたって得心がいかない。

「魔がさしたんだよ」

こんどはうなずかなかった。みつのことなら、なんでも知っているつもりでいたが、おれの知らない別の顔があったのかもしれない。

「知ったふうなことというのはやめてくれ」

睨《にら》みつけると、平十郎が口をつぐんだ。平十郎とは、幼なじみだ。赤坂の貧乏長屋でいっしょに大きく育った。

「……すまねぇ」

上物の羽織を着ている平十郎が口をすぼめてわびた。

十一のとき、おれと平十郎は蔵前の札差《ふださし》の丁稚《でっち》になった。

おれは大口屋《おおぐちや》。

平十郎は坂倉屋《さかくらや》。

それから二十七年。いまでは、二人とも札差の株を持ち、主《あるじ》として店をかまえている。

そんな身分になりたいと願って、精をだして働きつづけた。いくらかの才覚と大きな運にめぐまれたおかげで、番頭からさらに出頭して旦那《だんな》と呼ばれる分限になれた。

おれは、大旦那から暖簾《のれん》をわけてもらって大口屋を屋号にしている。蔵前に八軒ある大口屋のなかでは新参だ。

平十郎は番頭から坂倉屋の娘の婿におさまった。大旦那が亡くなって、いまは平十郎が旦那だ。坂倉屋は蔵前に五軒あって、平十郎の店が本家である。

あれこれとやっかいなことはあるにしても、ありがたいことに札差の商いは儲《もう》けが大きく、蔵にはうなるほどの小判がある。赤坂の長屋でのつましい暮らしをおもえば、足軽が国持ち大名になったくらいの出世だ。

船頭の漕ぐ櫓《ろ》の調子がかわって、舳先《へさき》が左に向いた。

むこうに山谷堀《さんや》の口が見える。猪牙舟がそこの船溜《ふなだ》まりに着いた。おれは先に降りて船頭に酒手《さかて》をわたした。供につれてきた丁稚たちを乗せた舟もすぐあとから着いた。

山谷堀に沿った土手道をすこし行けば吉原《よしわら》だ。馬子《まご》と駕籠《かご》かきが寄ってきたが、いい夕暮れだから歩いて行きたい。歩き始めると、遠くで鐘が鳴った。浅草寺の暮れ六ッ（およそ午後六時）の鐘だ。

「ぱっと遊ぼうぜ。遊んで忘れるがいいさ」

今夜、誘ったのは平十郎だ。四十九日を過ぎたというのに、おれがいつまでも渋い顔をしているのが気にかかってならないと心配された。

「ああ。ぱっと忘れちまうか」

無理に殺されたにせよ、本気の心中であったにせよ、女房のみつはもう生き返らない。忘れることはできなくても、気晴らしがしたくなっている。

左手の田圃《たんぼ》の真ん中に吉原の甍《いらか》が見えた。

まったく不思議な色里だ。まわりは野暮くさい田圃なのに、あそこだけ、紅の妖気《ようき》でも渦巻いているように艶《つや》っぽい。

堤からゆるやかに下る衣紋《えもん》坂のむこうに吉原大門《おおもん》が見えている。外茶屋が並ぶくねった道は、これからくりだす男たちで賑《にぎ》わっている。

茶屋の床几《しょうぎ》に腰かけていた幇間《ほうかん》が、おれたちを見つけて五、六人もいそいで集まってきた。

「旦那。おひさしゅうござんすね」

「お待ちしておりましたよ。今夜は精進落しでげすな」

いったのは玉介《たますけ》だ。おれが眉《まゆ》を顰《ひそ》めると、玉介は自分の口を扇子で叩《たた》いてから、ひょうきんに口をすぼめて笑いやがった。生きていようが死んでしまおうが、廓《くるわ》で女房の話をされておもしろいはずがない。

「おやっ、ご覧ください。旦那が福の神を運んでらしたんで、さっきまで蕾《つぼみ》だった花菖蒲《はなしょうぶ》が、あっというまに満開になりやした」

玉介がすぐに話をそらした。見え透いた男だが、どうにも憎めない。

大門のむこうの仲《なか》の町《ちょう》に、小さな堀がつくられて、紫色の花菖蒲が艶やかに咲いている。前に来たときは、桜が爛漫《らんまん》と咲き誇っていた。毎年、植木屋がすっくり植え替えるのだ。

「こんな季節になっていたのか……」

「そうさ。時候なんぞ、てんで見えなくなっていたろ」

平十郎のいうとおりだった。桜の季節に女房が死んでからというもの、おれは世の中のことがまるで見えなくなっていた。

そのすこし前に、じつは蔵前の札差にとって大きな懸案が持ちあがっていた。

去年の冬のことだ。

幕府から徳政令がでるのではないか、との風評が聞こえてきたのだ。

ほんとうに徳政令がでて、旗本たちに貸している金がすっかり棒引きにされたら、札差は立ち行かない。勘定所の役人をしきりと接待してさぐりを入れていた。お奉行や上役たちには会うこともできない。でてくるのは下っ端役人しかいないが、なんとか話を聞きだそうと、この吉原にも連れてきた。

今年の正月の末に、天明から寛政に年号が替わった。

それから春の盛りにかけても、そのことで奔走して、おれは店に帰らない日が多かった。

店にいても、女房と話すよゆうなどなかった。

女房が死んだのは、そんな時だった。


ちょうど、桜が満開のころだった。江戸のどこに行っても、桜が咲いていた。勘定所の小役人で、すこしは話してくれそうな侍をつかまえていたので、おれは吉原の手ごろな中見世《なかみせ》で接待していっしょに泊まった。

その侍には、もう何度か女を抱かせていたので、食い下がってなんとか、ひとつだけ話を探りだすことができた。

朝になって蔵前の店に帰ると、上女中《かみじょちゅう》のきよが困った顔をしていた。店にあがるなり、そっと耳打ちされた。

「あの……、内儀《ないぎ》さんが、昨日からお戻りになっておられません」

おれは首をかしげた。込み入った話になりそうなので、とにかく奥の座敷に入った。いつもなら、たとえ朝帰りでも、みつが笑顔で迎えてうまい茶をいれてくれるが、たしかに姿が見えない。家の奥ががらんとしていた。

「帰ってこないって、どういうことだ……」

きよをそばにすわらせて、小声でたずねた。

「きのうの昼前におでかけになったきりなんです」

「おまえは付いていかなかったのか」

女房のみつがでかけるときは、きよが付いて行くのがいつものことだ。

「いえ、それが……」

きよが口ごもった。しばらくうつむいて唇を噛《か》んでいたが、こっちもじっと黙っていると、やっと口を開いた。

「きのうは寛永寺の桜が見たいとおっしゃいまして……」

やはり口ごもっている。おれは懐手をしてまっすぐ見すえ、きよが話すのを待った。

女房のみつは、いたって地味でおとなしい女だ。大口屋本家の女中をしていたときに見初めて女房にもらった。祝言をあげて一緒になったのは、おれが二十八でこの店をかまえたときだ。みつは七つ下の二十一だった。それからもう十年がたつ。

みつはよく働いた。最初はまだ店の者も女中も少なかったから、客に茶をだすのもみつがやった。丁稚や手代たちの食事を切り盛りして、おれの世話をよくしてくれた。

店の者が増え、女中もたくさん雇ってからは、月に一度や二度は外に遊びにでるように勧めた。子宝にめぐまれなかったので、家にばかりいても気がふさぐんじゃないかと案じたからだ。時々はおれもいっしょにでかけて、二人で楽しんだ。

この春には、花見に行きたがっていたが、今年は遊山に付き合っている時間が惜しかった。勘定所の役人になんとか接近して、徳政令の噂《うわさ》の真偽を探り当てたかった。

みつが遊びにでかけるときは、たいてい坂倉屋平十郎の女房おとくと誘いあっていたようだが、きのうは一緒ではなかったのか。

「坂倉屋のおとくさんは……」

「きのうはお一人で、わたしだけがお供いたしました」

きよがうつむいたままぽそりと答えた。

「桜を見てからどうしたんだ」

女中一人だけを連れた花見では寂しかろう。

「わたしに先に帰っているようにおっしゃいまして、内儀さんは黒門前で辻駕籠《つじかご》にお乗りになりました」

「どこへ行ったんだ」

「わかりません」

「なにかいってただろ」

「いえ、なにも……」

きよがまたうつむいて押し黙った。二十七のきよは、すこし内気なところがある。

「そんなことは、いままでにあったのかい」

「いえ、そんなには……」

「一度もなかったのか」

「……いえ」

「何度目だ」

「はい……」

「二度目か、三度目か。それとももっとか」

きよがこくりとうなずいた。

「ってのは、三度目か」

「それくらいかと……」

きよはなかなか話そうとしない。

さて、どうしたものかと思案していると、丁稚がやってきて来客だと告げた。

「仁介《じんすけ》親分がお見えです」

蔵前の目明かしだ。いやなときに、いやな男の名前を聞いたものだ。表の小座敷に通すように伝えて、すぐに腰をあげた。

小座敷に胡座《あぐら》をかいた仁介は、苦虫を嚙みつぶした顔をして首のうしろを撫《な》でていた。

「内儀さんのことなんだが……」

おれは、うなずいて仁介のことばを待った。仁介はおれの目をまじまじと見すえてから口を開いた。

「池之端仲町《いけのはたなかちょう》の町役から、こっちの町役に知らせがありましてね……」

なんの知らせか、仁介はまた首のうしろを撫でると、丁稚のだした茶をすすった。

「どうやら、茶屋で相対死《あいたいじに》しちまったらしいんで。屍《しかばね》の見届けに、いっしょに行ってもらえますか」

仁介の話していることがよくわからない。女房のみつが、心中したということなのか。心中なんていうと芝居めいていて真似《まね》する連中が増えるので、幕府は相対死という無愛想な呼び名をつけた。

「うちの女房が心中したっていうのかい」

「どうやら、そうらしいんでね」

「どうしてうちのみつだと判じたんだろう」

「相手の付き人がね……、相手ってのは役者の極楽屋《ごくらくや》夢之丞《ゆめのじょう》なんだが、その付き人が、蔵前の札差大口屋文七の女房だって言ったらしい。おれも間違いだとおもいてぇんだが……。内儀さん、奥にいなさるんで」

おれは黙って首をふった。仁介が深々とうなずいた。

「きのうからお留守だね」

おれは黙ったままうなずいた。

「じゃあ、ご足労だが同道してもらえますか」

同道なんぞという言い方が、役人めかしていて気にくわないが、店の者に辻駕籠を二挺《ちょう》呼ばせて二人で乗った。丁稚を一人、走って付いてこさせた。

池之端仲町まで揺られているあいだ、おれは、みつのあれこれを思い出した。よくできた女房で、おれにはいつも笑顔を見せていた。それともあれは、まがいの作り物で、ほんとうは別の顔をもっていたのか。

池之端仲町に着いて駕籠を降りると、仁介が先に立って茶屋に入った。

臙脂《えんじ》の暖簾に、蓬莱《ほうらい》と墨で染めてある。男と女が密《ひそ》かな逢瀬《おうせ》を愉《たの》しむ出逢茶屋だ。腹を決めて、おれも入ろうとしたら、仁介が羽織を着た男といっしょに表にでてきた。

「この茶屋の御主人の吉右衛門《きちえもん》さんです。あっちだそうで……」

仁介にいわれた主人は、無愛想な顔つきのまま会釈もせずに歩きだした。

あとに付いていくと、店の表の角の路地を曲がった。むこうは不忍池だ。池のむこうの上野の山は桜が満開だ。

池のほとりに、六尺棒を持った自身番の番太が立っている。見物人が何人か集まってひそひそ話している。

足元に菰《こも》が延べてある。盛りあがっているのは、下に屍があるからだろう。

主人の吉右衛門が番太に手を上げてみせた。番太が六尺棒で見物人に道を開けさせた。

しゃがんで手を合わせた仁介が菰をめくると、青白い女の顔が見えた。

女房のみつが、死んで横たわっていた。

着物は、みつが好きな桜小紋《さくらこもん》だ。首の左側に刃物で切った深い傷口がいく筋もある。襟元が大きく乱れ、肩から胸にかけて、血がどっぷりと赤黒く滲《にじ》んでいる。髷《まげ》がつぶれてほつれている。顔にも、手にも袂《たもと》にも、血がたくさんついている。

どうして……。

しゃがんで女房の頬《ほお》に触れた。温《ぬく》もりは消えている。

表情は苦しげだ。呻《うめ》いているように口を開き、恨みがましい目をして空をにらんでいる。瞼《まぶた》を閉じさせた。口はこわばっていて閉まらない。

みつの右手は、赤い珊瑚《さんご》玉のついた簪《かんざし》を強く握っている。

珊瑚玉の簪は、まだ夫婦になる前におれが買ってやったものだ。

簪の先に血がついている。男に襲われたときに、それで抗《あらが》ったに違いない。

——みつは殺された。

おれは確信をもった。

吉原はありがてぇ町だ。

花菖蒲の咲く仲の町をそぞろに歩いているだけで、足の裏から気持ちが浮き立ってくる。籬《まがき》のむこうの華やかな女たちが、極楽の天女に見えてくる。ここにいるあいだは、胸の疼きを忘れられそうだ。

ならんで歩いている平十郎が、なにか言いたげな顔でおれを見ている。

「ああ、今夜は忘れるさ」

また女房のことをおもっていたのを見抜かれていた。

「松葉屋《まつばや》の瀬川花魁《せがわおいらん》には、ちゃんと差紙《さしがみ》してありますから、安心してゆるゆるとおでましくだしゃんせ」

玉介がにんまり笑って見せた。

「瀬川に惚れさせるとは、おめぇはとんだ悪党だ。いったいどんな悪さをしたんだよ」

平十郎が苦笑いしている。

「悪さなんぞするもんか。まっすぐに押したら惚れてくれたんだよ」

「けっ、ぬけぬけと惚気《のろけ》てくれるぜ。それが悪党だってんだ」

瀬川は、吉原江戸町一丁目の大見世松葉屋で、もう何代もうけつがれている花魁の名跡《みようせき》だ。

去年の四月、新しい瀬川が襲名した。

まだ十七歳だが、白い芙蓉《ふよう》のような美人だった。

肌が白く、そのうえたたずまいが凛《りん》としている。粋人の客たちは早く水揚げをさせろと、松葉屋主人の半右衛門《はんえもん》にしきりと談判していた。

いっとう最初に水揚げしたのは、大口屋の大旦那治兵衛《じへえ》の爺《じい》さんだった。

治兵衛の大旦那は、九十をいくつも過ぎているというのに、当たり前の顔をして吉原に通っているのだから化け物としかおもえない。悪業を喰《く》い尽くした金の亡者は歳《とし》をとらないんだと陰口を叩く奴もいる。

おれが吉原に通うようになったのも、そもそもは大旦那のお供からだった。

大旦那は、もう二十年もむかしに、いくつも持っていた札差株を売って隠居してしまったが、分家とほかの札差たちに大枚の金子《きんす》を貸して荒っぽい利息を稼いでいる。

年になんどか分家の主たちを集めて吉原にくりだす。

「店で帳面を見せられるより、ここのほうがよっぽどおめぇらの性根が見えるからさ」

というのが理由で、床での具合を花魁にそっと話させ、大旦那は分家の主の活力をはかっているのだ。

――あの男はちかごろ元気がない。

そう見限ったら、札差株と店の沽券《こけん》を取りあげ、主人の首をすげ替えてしまう。商人としての才覚は大旦那自身が自分の目でたしかめ、男としての底力を花魁に品定めさせているのだから、ずいぶんたしかな見極めがつくらしい。

そんな大旦那が、十日間も松葉屋に居続けて瀬川の水揚げを愉しんだあとに、八人の分家の主を茶屋の座敷に集めた。

「九十を過ぎて、さすがのおれも棺桶《かんおけ》の思案をするようになった。貸し金の証文を墓んなかに埋めたってしょうがねぇ。このなかの誰かにすっくりくれてやろうじゃねぇか」

さんざん金を儲《もう》けて贅沢《ぜいたく》を尽くし、なお使い切れぬほどの小判が隠居所の蔵にある。それ以上はもういらないんだ、と、杯をかたむけながら楽しそうに笑った。

色めき立ったのは、おれたち八人の分家だ。

なかに大旦那のせがれが二人いる。二人とも株を買ってもらって如才なく商売をしているが、かくだんに才覚があるわけじゃない。

「持ってる人間が利口なら、金っていうのはいくら使っても増えるもんさ。馬鹿が持つと減るばっかりでな。そんな野郎には、たとえせがれでも渡せねぇ。いったい誰が、おれが死んでからおれの金を増やしてくれるか、ちくっとおめえらを試したい」

「どうやって試すとおっしゃるんですか」

大旦那の上のせがれが、ごくりと唾《つば》を飲んでからたずねた。大旦那の貸し金となれば、数万両はくだるまい。

「この瀬川が惚れた男にぜんぶくれてやるよ」

座敷に居ならんだ男たちは、みんな呆《あき》れ顔になった。大旦那も九十を過ぎてさすがに耄《もう》碌《ろく》したのかと、おれだって訝《いぶか》しんだ。

「花魁になってまだ十日だが、おれが昼も夜もたっぷり仕込んだ。男を観《み》る目ができただろうさ」

上座に腰を落ちつけている瀬川は、十七ながらも、怪物めいた大旦那に可愛《かわい》がられただけあって、よほど性根はすわっていそうだ。生半可な口説きの通じる相手ではなかろう。

瀬川が一座を睨《ね》めまわした。薄く笑っているのが、かえってしたたかに見える。

しばらくざわめいたが、反対する者はいなかった。集まっている連中は、みな馴染《なじ》みの敵娼《あいかた》がいるが、そんなことは金でなんとでも始末がつく。

「明日からの初会の順は籤《くじ》を引いて決めろ。あとは好きなように差紙をいれて呼びだすがいいさ」

幇間の玉介が紙に一から八までの数を書き、小さく折り畳んで盆にのせた。箸《はし》で摘《つま》んで開いたら、おれは八番で最後だった。

八日目に引手茶屋の海老屋《えびや》に揚がり、幇間の玉介を遣いにして瀬川を呼びだした。

幼い禿《かむろ》と妹分の引込新造《ひっこみしんぞう》をつれた瀬川がやってきた。

茶屋の二階の座敷で酒を呑《の》んだが、どうしたら花魁が惚れてくれるのかなんぞ、さっぱりわからない。

すわっている瀬川は、ほんとに白い芙蓉みたいでべっぴんだ。

顔を見ているだけで血が熱く騒ぎだしたので、まっすぐ攻めることにした。

玉介に話をつけさせ、揚げ代と祝儀をたっぷり三夜分はずんで初会馴染みにさせた。

松葉屋の二階の座敷にいって、分厚い緋縮緬《ひぢりめん》の三ッ布団でひとつに重なった。

それから、月に三度か四度、松葉屋に揚がった。

瀬川の肌に触れると、おれはとびきり血のめぐりが良くなって男が昂《たか》ぶった。力が漲《みなぎ》って強い男になれる。瀬川も肌が合うのを感じてくれたらしい。床のなかで飽きずに、互いにずっと睦《むつ》み合った。瀬川となら、おれはいくらでも昂ぶり続ける。肌を合わせるごとに愛《いと》おしさがつのる。

そんなことをしているうちに、十月になって例の徳政令の噂が流れてきた。

大口屋の隠居所に行って大旦那に相談したら、鼻の先で笑われた。

「そんなこともあるだろうと、とっくにお見通しだから、旗本に貸すのをやめておめぇらに貸してるんじゃないか。おれの証文には、たとえ徳政があろうとも、この証文は沙汰《さた》の外にて候って、おめぇもちゃんと書いただろ」

大旦那に借りるとき、たしかにそう書かされた覚えがある。

おれはなんとしても、幕府の内情が知りたくてしきりと奔走した。徳政令なんぞ出されてたまるもんか。

小役人の接待のために、中見世に行くことが多かった。

中見世じゃ、おれは女を抱かなかった。瀬川を抱いてしまうと、ほかの女に手をつける気にならない。松葉屋へ揚がる回数は減ったが、それでも月に二度は瀬川に逢いに行った。

今年の正月、大旦那がまた茶屋の座敷にみなを集めた。

上座に瀬川がすわっている。引込新造と禿たちが左右にはべって澄ました顔をしている。

「瀬川が真夫《まぶ》を決めたとさ。いまはまだ教えねぇ。松葉屋に行ってからだ」

しばらく酒を呑んで、幇間や芸者といっしょに騒いだが、みんな落ち着くはずがない。

お互いの腹をさぐり合ったが、どうにも判じかねた。自信のある奴、ない奴、どちらも自分でおもっているばかりで確証はない。

芸者と幇間を帰し、松葉屋二階の引付座敷に移って、八人の男だけが居ならんだ。

「この席に瀬川の禿が迎えにくるが、瀬川の座敷に連れて行くとはかぎらない。ちがう座敷に連れて行かれたら、てめぇじゃねぇってことだ」

そう告げると、大旦那はどこかに消えてしまった。どうやら、目をつけている新しい花魁がいるらしい。まったく盛んな爺さんだ。

残された八人は、誰も口をきかなかった。

酒を舐《な》めるように呑んで待っていた。

一人ずつ順番に禿に呼ばれて消えていなくなる。

最後に残ったのはおれだった。

連れて行かれた座敷の障子を禿が開けると、ゆったりと横兵庫《よこひょうご》の髷を結った女が、両手をついて頭をさげていた。

顔をあげると瀬川だった。

まさかおれを選んでくれるとはおもわなかった。

うれしいに決まっている。

まずは、瀬川に惚れられたのが宙に舞うほどうれしい。

そして、大旦那の証文が手に入ったのがうれしい。それがあれば徳政令が実施されても、店はつぶれず生き残れる。

それでも、おれは勘定所の役人には接近して探索をつづけた。すべてがおもい通りにうまく運ぶ気がしていた。

有頂天になって仕事にはげんでいたら、桜が満開になって、女房が心中した。いや、殺された。

まったくいろんなことが、いっぺんにどっと押し寄せてきやがった。

女房が殺されてから、吉原には来ていない。

今夜はひさしぶりに心を蕩《とろ》かせて愉しみたい。


化粧を終えると、わっちは目を閉じた。

ゆっくり息を吐いて、胸を空っぽにする。なんにも感じない。なんにもおもわない。心なんてめんどくさいものは消してしまう。

それから、まじないをかける。

――いい女でおざりぃす。

松葉屋の瀬川は、この吉原で一番いい女。うなるほどの小判を持ったすてきな殿方に惚れられて、身請けされるいい女――。

三度そう唱え、瞼をひらいて鏡を見た。

綺麗《きれい》な顔立ちに生まれてよかった。目を細め、口元をすこし上にたわめる。こんな微笑《ほほえ》みで男はかんたんに蕩けてしまう。

吉原は女のからだと心を引き裂く町だ。

この苦界《くがい》から、一日でも早く抜け出したい。

本当のことを感じたら、心が疼いて死にたくなる。まことをおもったら、苦しくてたまらない。だから胸を空っぽにしてまじないをかける。

八つで売られるまで、山の村で育った。

山に囲まれた村には、きれいな谷川が流れていた。夕暮れになると、雲があかね色に染まった。家にはお父《とう》とお母《かあ》と爺ちゃと婆《ばあ》ちゃとたくさんの兄弟姉妹がいて、にぎやかに楽しく暮らしていた。貧しくて辛《つら》いなどとおもったことは一度もなかった。

いやな顔をした女衒《ぜげん》の親爺《おやじ》に連れて行かれるとき、父が泣きながら手をにぎった。

「べっぴんなのが、仇《あだ》になったな……」

なぜ、父が泣いたのかわからなかった。先に奉公に出ている兄や姉たちと同じだとおもっていた。

何日も歩いて江戸に着いた。

吉原に連れて来られて、先々代の瀬川花魁の禿になった。

山の村の家から遠く離れて、ひとりぼっちになって寂しくて泣いてしまった。泣いていると、花魁が頭を撫でて教えてくれた。

「いいかい。なぁんにもおもわないんだよ。息を吐いて、頭の先からお腹《なか》まで空っぽにしたら、いつも笑っていられるよ」

目を閉じて、息をすっかり吐ききると、胸もお腹も空っぽになった。

「おまじないをかけてあげようね。鏡を見て笑ってごらん。ほら、……いい女でおざりぃす」

笑い方のお手本を見せてくれた。八つの女の子が見ても、うっとりする笑顔だった。

「いい女って、どんな人……」

「けなげ、って顔に書いてあるのが、殿方に好かれるいい女だよ」

わからないなりに、合点がいった。

それから十年、毎日、朝と夕方、ずっとまじないをかけ続けている。

親が泣いた理由は、だんだんわかってきた。

でも、わかったときはもうまじないがすっかり効いて、泣かない女になっていた。心なんぞは、黒く細くかんかちに干からびてもうどこかに消えてしまった。

長い仕掛けの褄《つま》を取り、背筋を伸ばしてゆっくりと階下に降りる。

すぐに濃紫《こむらさき》姉さんも降りてきた。

二人して、高い三枚歯の下駄を履いた。それぞれに新造と禿を二人ずつ、それに若い衆を何人も供に連れた大行列で松葉屋をでた。

空は日暮れて、あかね色に夕焼けている。

年上の濃紫姉さんが、先に歩いた。若い衆に大きな傘を後ろからささせ、下駄を外八文字にひきずって仲の町まで道中した。

籬の内の女たちを品定めしていた男たちが、ふり返って姉さんとわっちを見ている。男っぷりのいい殿方は寄っておいで。金を持った旦那なら見初めておくれ。わっちはぬし様にけなげに尽くししぃす。

眠くなるほどゆるゆる歩いて海老屋に着いた。夕焼けていた空が、すっかり暗くなっている。

「花魁、今夜はまた一段とお綺麗でござんすね。旦那がお待ちかねですよ」

幇間の玉介たちが迎えてくれたので、やわらかく微笑み返した。

このごろ、茶屋で待っているお客の名を聞かないことにしている。

どうせ、好きでもない男なら、だれが来たって同じことだ。そんな男たちと肌を重ねるのは、裸の身になめくじが千匹もぞわぞわと這《は》いまわるほどつらい。

好きな人ができたら、干からびていた心が、腫《は》れ物みたいにふくれて熱をもった。

二階の座敷にあがると、身なりのよい旦那が二人で待っていた。

ひとりは濃紫姉さんの馴染み客で坂倉屋の旦那。

もうひとりは、わっちが待っていた大口屋の文七さんだ。

ずっと待っていた殿方がやっと来てくれた。

文七さんは、わっちの心を腫れ物にしたひとだ。

上座に腰をおろし、左の膝《ひざ》をすこし立ててすわった。文七さんの顔を見ていると、胸に熱がこもって嬉しくなってきた。自然にやわらかな笑顔になる。

「ひさしぶりだな。逢いたかった」

文七さんは、まっしぐらなひとだ。口にすることに、お世辞や嘘《うそ》がまるでない。

「ほんにおひさしゅうおす。わっちはずっと文七さんのことばかり想《おも》うておした」

自分でもびっくりするほど素直なことばがでてきた。

大口屋の大旦那のいいつけで、去年の春、八人の札差衆の品定めをはじめた。

八人のみんなが熱心に通ってくれた。そのなかで、文七さんは一番まっしぐらにわっちを欲しがった。

文七さんは、なんにでもまっしぐらな人だ。まっしぐらに欲しがったのはわっちだけじゃなかった。ときおり仕事の話をしてくれた。力強くまっしぐらに商いをして、まっしぐらに儲けて、まっしぐらに喜んでいる。そういうところに気持ちが惹《ひ》かれた。

肌を何度かかさねて、相性がいいのに気づいた。帯を解いて抱きしめられると、たちまちわっちの骨が溶けてなくなり身も肌も蕩けてしまった。

あの男《ひと》のすることなら、なにをされても嬉しくて、身と心の奥から歓《よろこ》びがあふれてくる。力強くてしなやかで頼りがいがあるから、けなげに尽くしたくなる。大旦那に水揚げされ、夏がすぎて秋がきて、師走の年の瀬まで、日ごと夜ごとに大勢のお客に抱かれたけれど、身と心が歓びでみたされたのは文七さん一人だけだった。

いったん好きになると、底のない泥沼みたいに深みにはまりこんで、とんでもなく惚れ込んでしまった。文七さんよりほかの男には、指一本でもさわられたくない。まじないをかけて、こころをすっかりからっぽにして、なんにもおもわずよがるふりだけして抱かれていた。

年の瀬になって、大旦那にたずねられた。

「八人のうちのだれに惚れたかな。いないんならいないでかまわねぇ。ほかの客で惚れた者があったんなら、そいつでもいい教えてくれ」

文七さんのほかの札差衆は、やたらと足繁く通ってきたり、大きな自慢話をしたり、祝儀や贈り物を張り込んでくれたりしたけれど、ちっとも惹かれなかった。床でかくべつに肌が合う人もいなかった。札差じゃないほかのお客にも、惚れた人、惹かれた人はいなかった。

「わっちは、文七さんに惹かれます」

おもったとおりにこたえた。

「わしよりいい男か」

「いいえ、一番は大旦那様。文七さんは二番でおす」

大旦那が愉快そうに笑った。

「瀬川はまだ嘘が下手だな。それじゃ、花魁でも素人でも、女として半人前だ」

大旦那が煙管《キセル》をふかしながらたずねた。

「あいつのどこが良かった」

「あのお方は、力強くてまっしぐらで、頼りがいがおすもの」

そう答えたら、大旦那が深々とうなずいた。

「なるほど。そいつはおれの見立てと同じだ」

それで、大旦那の証文を請け継ぐ跡目が決まった。

正月のあの夜、禿に呼ばれて、わっちの座敷につれてこられた文七さんは驚いていた。

「おれでいいのかい?」

「はい」

わっちは、こくりとうなずいた。

「どうしておれなんだい」

「まっしぐらでおざりぃすもの」

力強い男にまっしぐらに欲しがられて、わっちは女に生まれて本当によかったと嬉しかった。

「ははん。なにしろ、おまえさんに惚れちまったからな」

文七さんはわっちの肩を抱くと、顔をそばに寄せてたずねた。

「でも、まっしぐらだからって、それだけかい……」

文七さんの耳が、わっちのすぐ口元にある。恥ずかしかったけれど、小さな声でうちあけた。

「ぬし様にされると、かくべつにこの身が歓びまする……」

おもい切って口にして、耳を甘嚙みした。文七さんはとても嬉しそうに笑ってくれた。

「男は馬鹿だから、耳もとでそんなふうに囁《ささや》かれたら、天にも昇っちまうぜ」

「ふふ。天に昇らせてあげたい」

「おめぇさんみたいに何遍もひっきりなしに気をやる女は初めてだよ。一晩に何十遍、何百遍でもいっちまうんだから、こちとら嬉しくってたまらねぇや」

「………」

恥ずかしくて頬が熱く火照った。胸も嬉しく熱く疼いている。身の奥からあんな極楽のような歓びがあふれてくるのは文七さんだけだ。文七さんに抱かれてまさぐられていると、わっちはどこか遠いべつの天地に連れて行かれるみたいだ。

文七さんが顔をこちらに向けて、わっちの口を吸おうとした。

「お待ちください。大切なものを預かっておざりぃす」

手で遮って立ち上がると、簞笥《たんす》の鍵《かぎ》を開け、大口屋の大旦那からあずかっている黒塗りの文箱《ふばこ》を取りだしてわたしした。

文七さんは、蓋《ふた》をあけて中の書状を一通ずつあらためた。どれも札差衆に貸した金子の証文らしい。ぜんぶ見てから、文七さんは宙を見つめながら指先で算盤《そろばん》をはじく仕草をした。

「合算すると、三万二千四百八十三両ある。大旦那さんは、たいしたお人だよ」

「そんなにたくさん全部くださったんでおすか」

「そういうことになるね。証文だがな」

「大旦那様の豪儀で太っ腹なこと。お金なんぞもう用なしでありぃしょうか」

「たしかに豪儀で太っ腹なんだが、金っていうのは、百両か二百両、まあ二、三千両くらいまでのことでな、それ以上は金じゃねぇな」

文七さんが不思議なことをつぶやいた。二、三千両以上はお金じゃないって、どういうことなのか。

「それよりたくさんあったら、金じゃなくて人だよ。人がすべてだ。おれが大旦那から教わった商いと金の極意はそれだな」

わっちは首をかしげた。やっぱりわからない。

「百両や二百両の小判なら、いつも胴巻きに入れて腹に巻いておけばいい。だけど、一万両の小判はいったいどうやって仕舞っておく。蔵に納めて鍵を掛けたって、押し込み強盗に襲われたらお終《しま》いだ。悪い手代がいたら、盗っ人を手引きするかもしれない。持ってる奴は狙《ねら》われる。一万両の小判を守るには、信用できる人間がたくさんいなけりゃならないんだ」

すこしわかった。

「まして証文なんてのは、ただの紙っ切れだ。大名や旗本に何十万両貸していたって、徳政令がでたらそれでおしまいだからな」

「では、この証文も……」

「これには、幕府が徳政令を発布しても借りた金は返すって書いてある」

「それなら、間違いのない堅いもの」

「でもな、ただの紙っ切れにはちげえねぇ。吉原の誓紙と同じさ。たいした値打ちなんてありゃしない。金子で持っていても危なっかしい、紙っ切れも信じられねぇ。となると、最後に残るのは……」

「人の心でおすか」

「そうさ。その通りだ。千両の金を借りて恩義を感じてるんなら、紙っ切れなんぞなくたって返すだろ。同じ千両でも恨みつらみがこもっていたら、証文があっても返しゃしないさ」

だんだんわかってきた。世の中はそんな気持ちのやり取りで動いているのだろう。

文七さんは、文箱の底にあった小さな紙をひろげた。


文七の証文は儂《わし》の棺桶に納め地獄まで持ちゆく也《なり》

「大旦那の字さ。大旦那の金は高利の恨みがこもっているから、なんにしたって大荷物さ。みんなの恨みを一本に束ねて、大旦那はおれの恩義を買ったんだよ」

「それが三万両……」

「その分、大旦那が生きてても死んでしまっても、大切にしなくちゃならねぇってわけさ。

おれは恩義を忘れない質《たち》だからな、そうするだろうさ」

そういう律儀なひとだからこそ、わっちは惚れてしまったんだ。

文七さんは、証文をていねいに揃《そろ》えると、捧げて拝み、文箱にもどして蓋を閉じた。

「三万両より宝物は、おめぇだ。おめぇはおれの好みにどんぴしゃりの女だよ」

ささやいてから、わっちの耳を甘嚙みした。それだけで、わっちの骨も身も皮もみんな蕩けてかたちがなくなってしまった。


正月の夜のそんなやりとりがおもいだされる。

それからは、仕事で忙しいだろうに、月に二度は逢いに来てくれた。

仲の町の桜が満開になってすぐ、文七さんのお内儀さんが心中した話が吉原にも伝わってきた。相手が評判の若い役者なので、江戸中でたいそうな評判になっているらしい。お客たちがしきりと噂をおしえてくれた。

仲の町の桜の花が散って葉が茂り、それが四月の末にすっくり花菖蒲に植え替えられても、文七さんは顔を見せなかった。

お内儀さんが心中したのなら、もちろんしばらくは来られるはずがない。今夜来てくれたのは、四十九日が明けたからだろう。

「いの一番の口切りは、藤八拳《とうはちけん》なんぞいかがですか」

幇間の玉介が、狐《きつね》と鉄炮《てつぽう》撃ち、庄屋のしぐさをしてみせた。

「いや、みんなで、かっぽれを踊ってくれ」

文七さんがたのむと、玉介と四人の幇間たちは、着物の尻をはしょって、襷《たすき》で袂をからげた。芸者たちの鳴り物がにぎやかにひびき、かっぽれ踊りが始まった。小柄な芸者が、太鼓を叩きながらよい調子で歌った。

「かっぽれ　かっぽれ　わたしゃお前にかっ惚れた　それっ　甘茶でかっぽれ　塩茶でかっぽれ　よぉいとな　よいよい」

玉介のかっぽれは、剽軽《ひようきん》な味があって見ているだけで可笑《おか》しい。坂倉屋の旦那は楽しそうに大笑いしている。文七さんの表情は、どこか虚《うつ》ろだ。

かっぽれの次も、文七さんは、玉介たちにあれこれと芸をやらせては、脇息《きようそく》にもたれて右手で杯を持ったままじっと眺めていた。豪勢な台の物の料理には箸をつけたが、拳の遊びは自分ではやらず、幇間と芸者たちに競わせて、負けた者が大杯で酒を飲まされて酔っぱらうのを楽しそうに見ていた。

一座がにぎやかに騒ぎ、酔いのまわった坂倉屋の旦那が立って踊りだすころには、文七さんの顔もいつものようにやわらかくなっていた。楽しそうに手を叩き、声をあげて笑っている。

……よかった。胸を撫でおろした。

干からびてしまったわっちの心だけれど、文七さんにだけは熱く疼く。まっしぐらなところを本気で好きになったんだからしかたがない。

むこうで坂倉屋の旦那と並んですわっている濃紫姉さんは、女のわっちから見ても艶っぽい。目鼻だちがはっきりしていて、肌がすべすべと白くて髪がしっとり黒くて、微笑まれただけで男なんてみんなお日様を浴びた雪だるまみたいに溶けて消えてなくなりそうだ。

仲の町の海老屋の二階でひと騒ぎしてから、松葉屋に移った。

松葉屋の二階にあがると、玉介にいいふくめてあったようで、遣手《やりて》に祝儀をわたしただけで引付座敷は素通りにして、それぞれの部屋にはいった。玉介はにっこり見送って、黙ってひきあげた。

部屋についてきた禿たちは、文七さんがおひねりをわたすと、礼をいってお辞儀をして出ていった。

文七さんと二人きりになった。

どこかの部屋でせつなげな枕声がしている。殿方に本気ですがりついている女の淫《みだ》らな姿が見えるようだ。ふりだったら、あんなに気持ちよさそうな声にはならない。

文七さんが真っ赤な縮緬の座布団にすわった。

朱塗りの長火鉢にかけた鉄瓶は、よい具合に湯気をふいている。大口屋の大旦那が買ってくれた長火鉢と鉄瓶だ。

「煎茶《せんちゃ》を淹《い》れなんしょうか」

「いいね。いただこう」

文七さんは、酒のあとの煎茶が好きだ。小さな急須で上等な煎茶をゆっくり蒸らしてだした。

「美味《うま》いな。瀬川は煎茶の名人だ」

煎茶の淹れかたは、前の瀬川姉さんにおそわった。茶の葉を多め、湯はぬるめにして、急須の最後のひと滴まで出しきる。

文七さんは、二煎めもゆっくりと舌で味わってくれた。

茶碗《ちゃわん》を盆に置くと、わっちの目をまっすぐ見すえた。

「あれこれ聞こえてきたか」

「はい……」

正直にこたえた。

「どうおもった」

「どうって……」

「おれを、女房に心中された気の毒な亭主とおもったか」

わっちはすぐに首をふった。

「気の毒なんぞとは、おもいもよりんせん」

「なら、なんておもった」

すこしかんがえてから口をひらいた。

「なんにもなければいいけれど……と、おもうておりぃした」

「なんにもなければって、どういうことだ」

「大事がないように、わっちはぬし様の身ばかりを案じておりぃした」

「そうか……。ありがとよ」

文七さんが真顔でうなずいた。

「そんな……」

「嬉しいじゃねぇか」

「だって……」

文七さんに抱き寄せられて口を吸われ、わっちはすこし気がいった。

「女房のことは、まだ始末がついちゃいねぇんだ」

わっちはうなずかなかった。なんとこたえてよいのかわからない。

「おれはな……」

いいながら、強く抱きしめられた。わっちの首筋を、文七さんの唇が這って、頭のなかが空っぽになった。

それ以上はもう言葉にならず、二人で抱き合った。

夜が明けて目をさますと、文七さんは緋布団のとなりでうつぶせに寝ながら煙管をくわえていた。もう喫《す》いおえたのか、煙はでていない。

しばらく横顔を見ていた。

文七さんが気づいて、こっちを向いた。

「起きたか」

「あい……」

「おめぇのこと、身請けしたいんだがどうだい」

まっすぐに向いてたずねられた。

ちいさくうなずいた。

「……ありがとぅおす」

「じゃあ、段取りつけるぜ。まずは松葉屋《こ》の半右衛門に話して、それから家を見つけて……。住むのはどこがいいかな」

「えっ……」

いきなりたずねられてとまどった。

「おめぇの住む家だよ。とぐろを巻くのはどのあたりがいいかって話さ。浅草か向島《むこうじま》あたりかね、やっぱり」

「江戸のことはよく知りんせん」

「そりゃそうだな。おれがいい家を見つけておくさ。楽しみにしておけ」

いわれても、まだ実感が湧《わ》かない。このひとと本当にいっしょに暮らせるのか。

「死んだ女房のことは、おいおい話す。そのうち聴いてくれ」

「あい」

わっちは横になったまま、こくりとうなずいた。

第二章　痛み

女房のみつが死んだつぎの朝のことだ。

おれは、目明かしの仁介といっしょに不忍池のほとりに行って、みつの屍《しかばね》を見せられた。菰《こも》をかけられて、地面に寝かされている屍を見たら泣けてきた。顔や手が血にまみれていて痛々しい。桜小紋《さくらこもん》の着物の襟元にとっぷり血がしみこんでいる。

やさしくておとなしいみつが、どうしてこんな目にあわされたのか。どうして殺されなければならなかったのか。頭のなかで熱が渦を巻いて、いくらでも涙がわき出てくる。しばらくみつの手をにぎって泣いていた。

となりに並んでいるもう一枚の菰を、仁介がめくって手を合わせた。

色白でやけにのっぺりした若い男だ。知らない顔だ。

「極楽屋夢之丞って役者でね、ちかごろ、たいそうな人気だよ」

頭の上から声が聞こえた。茶屋の主人の吉右衛門だ。

おれはしゃがんだまま首をふった。何度か女房に付き合って芝居小屋に行ったことはあるが、若い役者の顔までは知らない。ほかで見かけた憶《おぼ》えもない。

「ここで死んでいたのか……」

たずねると、癇《かん》の強そうな主人が首をふった。

「二階の座敷だよ」

見上げると、手すりのついた縁と障子がある。広い座敷が二つ並んでいるようだ。

どうやら屍を嫌って外におっぽり出したらしい。酷《ひど》い仕打ちをするものだが、こんな死に方では文句もいいにくい。

「下の座敷を貸してもらえるかい」

立ち上がって主人の吉右衛門にたずねた。池のほとりの狭い岸につづいて、籬《まがき》のむこうにこの茶屋のちょっとした庭がある。その奥に障子が閉《た》ててある。あそこで寝かせて、体をきれいにしてやりたい。丁稚《でっち》に着物を取りに帰らせ、着替えさせてやりたい。

「部屋は貸せないね」

吉右衛門が首をふった。

「礼ははずませてもらう」

何両かわたそうと、懐に手をつっこんで財布をつかんだ。

「いや、旦那《だんな》。不義にて相対死《あいたいじに》の死骸《しがい》は取り捨てにせよとの御定書《おさだめがき》の御法度なんですよ」

仁介が屍の顔を菰で隠した。

「不義じゃねぇよ。首の傷を見てみろ。うちの女房は無理に殺されたんだ」

「無理心中ってことか。気の毒なのか、よかったのか……」

「よかったとは、なんでぇ」

吉右衛門のことばを、おれは聞き咎《とが》めた。

「惚《ほ》れ合った男と女が二人して死んだんだから、なんにしてもよかったんじゃねぇかい」

「惚れ合って、なんてはずがねぇ。騙《だま》されて無体に連れて来られたんだ」

「はは。いやなら来なきゃいいのさ。あんたのところの内儀さんはね、よろこんで夢之丞のところにやってきたのさ。縄で引っ張って連れてこられたわけじゃないぜ」

おれはもう一度しゃがんで、みつの手首と足首をしらべた。縄目の跡はついていない。首のまわりにもそんな跡はない。

「亭主なんてのはな、女房のことなんかなんにも知らないもんさ。あるよ、ときどき、こういうことはね」

鼻の先で嗤《わら》いやがった。それにしても、なぜみつは、役者なんかと二人でいたのだろう。いっしょにいなければ、殺されることもなかったのに。

「うちの女房《やつ》は、無理に連れてこられて無理に殺されたんだ。この顔はどう見たって恨めしげにこわばったままだ。好き合った男と女の心中なら、もうちっとましなご面相をしてるだろ」

「極楽往生みたいな顔で心中する奴なんぞいやしないさ。自分で望んで死ぬつもりでも、切ったら痛くて苦しいに決まってる。心中の屍はいくつも見たが、たいていこんな顔だぜ」

返すことばがなかった。たしかにそうかもしれない。話をかえた。

「いつ見つけたんだ」

「昨日の夜だ。五ッ（およそ午後八時）過ぎてからだよ」

吉右衛門のことばに、目明かしの仁介が前にでてきて耳をかたむけた。

「この二人が座敷にはいったのは何刻だったんで」

仁介がたずねた。

「二人とも朝の四ッ（およそ午前十時）くらいだろう。すこし先にあんたの内儀さん、それから夢之丞が座敷に入って、料理と酒をあつらえて……、暗くなるまでそのままさ。うちは、こっちから声をかけるなんて野暮はしないもんでね」

そういう茶屋なのだろう。吉右衛門が話をつづけた。

「暗くなったんで、仲居が襖《ふすま》の前に行灯《あんどん》を置いて声をかけたが、返事はなかったそうだ。しばらくしてもう一回見に行ったら、行灯がまだ廊下に置いたままだ。夢之丞さんは、その日のうちに帰るのがいつもなんでね、声をかけて開けてみたらこのざまだ」

「心中の騒ぎを聞いた者はいないのか。二階にほかの客は？」

「夢之丞さんには、いつも二階を貸し切りだよ」

いってから吉右衛門は薄い唇を舐《な》めた。細面の顎《あご》がとがっている。

「いつも……」

「芝居が休みの日は、ここが落ち着くって、月になんどか二階を貸し切ってたんだよ」

「相手は、いつもうちの女房だったたってのか」

「女は日によってちがうさ。一日に、二、三人ばかり相手にすることはあったようだが……」

吉右衛門が二階の座敷を見上げた。あそこなら、池が見渡せてたいそう風情がよかろう。外から覗《のぞ》かれる心配もない。

「おれは下の奥の帳場にいたが、声も騒ぎも聴いちゃいねぇ。まさかこんなことになってるとはね」

おれは大きく首をふった。

「そんなはずはねぇ。どう見たって、うちの女房は騙されて連れ込まれて、無理無体に殺されたんだ。あんな悔しそうな顔して……、殺されたにきまってる……」

あとは、こみあげてくる嗚咽《おえつ》でことばにならなかった。

「いや、二人して重なって死んでたんだ。どうしたって心中だぜ」

吉右衛門がやけに重い口調で断言した。

「昨日のうちに番屋に届けておいたから、今朝、南町奉行所の同心がきてくれた。屍と座敷を検《あらた》めてもらってから、屍をこっちに運び出したんだ」

「同心に会わせてくれ」

無理に殺されたんだと、話さなければならない。

「もう帰ったよ。心中だってことで、いま、町役人と書役が来て届け書きを作っている。書面にして奉行所に届けたら、それで一件落着だ」

おれは返すことばがなかった。どうすれば女房が殺されたと証《あかし》が立てられるのか。

「畳と襖を替えなきゃならねぇ。しばらくは客も寄りつかないしな。迷惑の損金はそっちで払ってもらうよ」

「ちょっと待て。女房は殺されたんだ。そんな話は殺した相手にするがいい」

「相対死だ。両方から折半でもらうさ」

吉右衛門が鼻筋のとおった小鼻をひろげた。

折半だと……。どうすればよいのか、かんがえがまとまらない。とにかく屍を引き取って、きれいにしてやろう。まずはそれが先だ。

「町内に荷車と人足を貸してくれるところはあるかね。女房を連れて帰るよ」

「いや、さっきもいったように、相対死の死骸は、取り捨てって決まりでね。裸で捨てて、弔いもだしちゃならねぇんだ。墓もつくっちゃいけねぇ」

仁介にいわれて、薪雑把《まきざっぽう》で頭を殴られたほどに驚いた。

「なんだって……」

「このあたりなら、小塚原《こづかっぱら》に捨ててこなきゃならねぇんですよ。御法度なんでね、そればっかりはどうしようもねぇ」

「ひでぇ話だ」

「そういわれても……」

仁介と問答していると、路地から男たちが何人かやってきた。上背があって顔の大きな男は、錦絵《にしきえ》で見たことがある。役者の極楽屋福右衛門《ふくえもん》だ。

「……夢之丞の親父《おやじ》さんです」

仁介が、低声《こごえ》でおれに耳打ちした。

「あんた、この女の亭主かね」

横柄な口ぶりが気にくわない。おれは前に踏み出した。おれのほうが背が高い。

「蔵前大口屋の主人文七だ。てめぇの馬鹿息子が、おれの女房を殺しやがった。この始末、どうつけてくれる」

睨《にら》みつけると、福右衛門が目玉を大きくひん剝《む》いて睨み返し、芝居がかった顔をつくりやがった。

「なにをぬかす。せがれを無理に殺しておいて、よくもそんな口がきけるな。色狂いの女房なんか、首に縄をくくって外に出すんじゃねぇよ」

「なんだとっ」

摑《つか》み合いになりかけたのを、吉右衛門たちに止められた。

ここの町役人だと名乗った黒羽織の男が、苦い顔で口をひらいた。

「いま町奉行所に届ける書面を作ってたんだが、福右衛門さんは、夢之丞さんが相対死する理由などないから、無理に殺されたんだとおっしゃる」

「それはうちのほうだ。ちゃんちゃらおかしい。うちの女房がどうして小便臭ぇ大根役者と心中しなきゃならないんだ」

「大根役者だとっ」

福右衛門が飛びかかってきた。摑み合いになって、まわりの連中に止められた。

「水掛け論で埒《らち》が明かねぇが、二人して死んでるんだし、奉行所の見立ては相対死だ。そう届けるしかないだろ。それは承知してもらわないとね。申し立ては書いておくよ」

町役人がいったが、おれは首をふった。福右衛門も大きく首をふっている。

「了見できるはずがねぇよ」

「当たり前だ。不承知に決まってる」

「なら、どうするね」

「殺されたんだ。公事にして訴えるさ」

おれがいうと、福右衛門が胸をそびやかした。

「おお、こっちも訴えるぜ」

町役人が首をふった。

「無駄だね。こういう公事は町奉行所でやるんだ。同心が検分した以上、もう相対死だってお裁きがでてるのと同じさ」

町役人の話しぶりに重さがあったが、おれは承知できない。

「とにかくうちのは殺されたんだ。連れて帰るぜ」

荷車がなければ、屍を背負ってでも帰るつもりだ。

しばらく問答してから、町役人と蓬萊《ほうらい》の吉右衛門に小判を何枚も握らせた。仁介にも礼をはずんで荷車と人足の手配を頼んだ。

「届け書きには、夫文七は女房みつとの夫婦仲円満にして相対死の心当たりいささかもこれなく、無理に殺されたとの由をことのほか強く申し述べ候、と書いておいてくれよ」

町役人に頼んだ。たとえ相対死と決めつけられようが、こっちは不承知だと証拠を残しておいてもらいたい。

夢之丞の親父の福右衛門も、屍を連れて帰ることに町役人と話をつけた。

「あんたとは、あとできっちり話をさせてもらうよ」

福右衛門の眉間《みけん》に向けて指を突きつけながら釘《くぎ》を刺すと、また大きな目玉を剝いて睨みやがった。

「ああ、きっちり詫《わ》びを入れてもらいてぇ」

「詫びを入れるのはそっちだっ」

こんどは、まっさきにおれが飛びかかった。福右衛門の髷《まげ》をつかんで、拳《こぶし》で顔を殴りつけた。取っ組み合って何発か殴りあったところで、また、大勢で寄ってたかって止められた。

「諍《いさか》いはよそでやってくれ。とにかく、どちらにも損金を償うてもらうからね」

蓬莱の吉右衛門が眉間のしわを深くした。

「ふん。なら、いま払っておくさ。やられたにしたって、女房の血で迷惑かけたんだ。しょうがあるめぇ」

小判を二十枚数えて、むき身のまま吉右衛門にわたした。半金でそれだけあれば、不足はいうまい。

見ていた福右衛門が、三十枚吉右衛門にわたした。こちらより多く払って見栄《みえ》を張ったつもりだろうが、そこを逆手にとってやった。

「あんたのせがれが迷惑かけたんだから、たくさん払うのが当たり前だな。こっちの分は、あとできっちり払ってもらうぜ」

「なんだとっ」

また摑み合いになりかけて、町役人があきれ顔でわけて入った。

「いいかげんにしてくれ。死骸は取り捨て候って書いておくからね」

念を押された。届けにそう書かれるのは仕方なかろう。

荷車にみつを寝かせて菰で覆った。

仁介を店のある蔵前天王町の町役人の宅に先に走らせ、ことのしだいを告げさせた。

人足に押させた荷車といっしょに帰ると、蔵前の手前の往来で仁介が待っていた。

「やっぱり家で葬式をするのは、まずかろうって町役人がいってます。寺でこぢんまりとやってもらえませんか」

小判を何枚かにぎらせたので、仁介の物言いがていねいになっている。

「そうさな……」

池之端からこっちまで歩いてくる途中、溜《た》め息《いき》ばかりがもれた。

世の中は満開の桜に浮かれているってのに、女房が殺された。それとも惚れ合っての心中か……。なんにしても、よその男と二人で死んでいた。亭主としては、嬉《うれ》しい死に方じゃない。だいいち、町内でなんと話せばいいのか。

あれこれと考えあぐねたすえに、結局、寺に行くことにした。

おれが店をかまえるとき、赤坂の長屋はすっかり引き払った。親父はもう亡くなってい たが、お袋には蔵前の店の離れでゆっくり過ごしてもらった。そのお袋も亡くなって、親父といっしょにこっちの寺の墓にはいっている。

和尚に事情をありのままに話して、懐紙に包んだ小判をさしだした。

「それはお気の毒に……」

まったく哀れで気の毒な話だ。

和尚と話しながら待っているうちに、女中のきよが二人の女衆をつれてやってきた。風呂敷を抱えているのは、みつの着替えだろう。

本堂の裏にある湯灌場《ゆかんば》の小屋に屍をはこびいれた。寺男が手伝いを申しでてくれたが、

「うちの女房は恥ずかしがり屋なもんでな」

と断った。おれと三人の女たちで、着物のままのみつを、静かに簀《す》の子の上に寝せた。女たちが井戸の水をくみあげて、大きな釜《かま》で湯をわかした。

おれは、みつの横にすわって、死に顔をながめていた。

目はさっき閉じさせたが、口は苦しげに開いたままだ。頬《ほお》も引きつったまま硬直している。よほど恐ろしかったにちがいない。やはり、望まずに殺されたのだとしかおもえねぇ。池のほとりで寝かされていたときは、腕をからだの脇にまっすぐのばしていたが、座敷ではいったいどんな姿勢で死んでいたのか。

血で汚れたままのみつの頬に手をあてて、そのままじっと見つめた。けっしてこの顔を忘れちゃならねぇ。

沸いた湯で手拭《てぬぐ》いをしぼって、顔をきれいに拭《ふ》いた。温かい手拭いを何枚もあてて撫《な》でさすると、かたくなっていた顔がすこしやわらかくなった。おれがしていることをよろこんでくれているようだ。

首には切り傷がいく筋も走っている。着物の襟も切られて、おびただしい血に染まっている。

帯を解くには、みつのからだを動かさなければならない。おれはきよに目配せしてから、みつの上半身を抱きかかえた。みつは腰をきしませながらも素直に起き上がった。

きよが帯を解いた。女衆たちの手を借りて着物を脱がせた。

白い襦袢《ジュバン》の襟元には、着物よりもっとたくさん赤い血が染み込んでいる。

襦袢を肩脱ぎにさせ、傷口を湯で洗った。よく見ると、浅い傷が十筋ばかりもある。覚悟の心中なら、首の血の道をねらって、一回でざっくり深く切ったほうが楽に死ねる。

みつが嫌がって逃げたから、浅くしか切れなかったに違いない。これだけ無駄な切り傷があるのは、押さえつけられても、もがいてからだをひねり、なんとか刃物を避けようとしたにちがいない。

それとも、相手が不慣れだったからか……。馬鹿な。心中に慣れている奴なんぞいやしめえ。ならば、心中する者はこんな傷になりがちなのか。役者野郎は、いったいどんな傷なのか気になった。

襦袢を脱がせると、腰のふくらみを包む鴇色《ときいろ》の腰巻がなまめかしい。

右手には赤い珊瑚《さんご》の玉簪《たまかんざし》をにぎっている。にぎっている指を一本ずつはずした。銀の柄の先の尖《とが》ったところに血がついている。襲った相手をとっさに突こうとしたにちがいない。無念な気もちがこもっている気がしてならない。簪は紙に包んで懐にしまった。

上半身の血を手拭いでていねいに拭った。桶《おけ》でゆすぐと、湯が赤く染まった。きよと女衆たちが手伝って、みつをきれいにしてくれた。

首のいく筋もの切り傷のほかに、目立つ傷はない。首を絞められたようすもなければ、縄で縛られた跡も、短刀で突かれた傷もない。

肩から乳房や腹にこびりついていた血をすっかり拭って、腰巻をはずした。

みつの屍は、丸裸になった。

小屋の窓から射し込む光のせいで、肌がやけに白く見える。それとも、血が抜けた屍だからそう見えるのか。

ゆたかな腰を見ていると、どうしても閨《ねや》で悦《よろこ》ぶみつの姿がおもいだされる。

みつは恥ずかしがりの女だった。こんな明るいところで裸身を晒《さら》したことはない。恥ずかしがるくせに、抱くと天に舞っているように悦ぶところが可愛《かわい》くて、しきりとむつみ合った。

腰から足の先までしらべたがとくに傷はない。

「ちくっと、そっぽを向いててくんな」

女たちにたのむと、おれはみつの脚をひらかせた。陰門《ぼぼ》にふれてたしかめたが、淫水《いんすい》で濡《ぬ》れていたようすはない。男の精ものこってはいない。指をいれようとしたが、ぎゅっと閉じていて入らない。すくなくとも、床で抱き合ってから死んだのではなさそうだ。

抱き合ったあとなら、また着物をきちんと着て死ぬだろうか。襦袢だけ羽織って死ぬのではないか。それとも、見つけられたときに恥をかかぬよう、きちんと着直してから死んだのか……。

そんなことはあるまい。どうしたって無理に殺されたとしか見えない。

女たちにたのんで、みつを横に寝かせ直し、背中から腰や脚の裏側も湯できれいに拭った。やはり、目につく傷はない。

乾いた手拭いで全身をふいてから、新しい白い腰巻をつけさせた。きよが蛤《はまぐり》の貝殻をとりだした。蝦蟇《がま》の膏《あぶら》だという。傷口に塗ってやると、きよが晒《さらし》を傷にあててから、襦袢に袖《そで》をとおさせた。白い経帷子《きょうかたびら》を着せて、手を胸のうえで組ませた。

死に化粧は、きよがやってくれた。ほつれていた髪を櫛《くし》で梳《す》いてなおし、すこしだけ白粉《おしろい》をぬって、頰にあわく紅をさした。唇に濃い紅をつけると、ずいぶんよい顔になった。

おれたちに礼をいっているみたいだ。

「心中だってぇけど、どうおもうね。おれには、無理に殺されたようにしか見えないいんだ」

きよにたずねた。

「……さぁ。わたしには、わかりません」

「おまえたちはどうだい」

二人の若い女衆に顔をむけた。

「はい……」

「そういわれれば、そんな気もしますし……。どうでしょうか」

女衆たちが、きよを気にしている。うつむいてはっきりしたことをいおうとしない。

おれには無理に殺されたとしか見えないが、夫婦だからそう見えるだけなのかもしれない。望んで死ぬつもりだったが、実際に切られたら痛くて身をかわして逃げようとしてたくさんの傷がついたのかもしれない。

そもそも、みつはいったいどうして出逢茶屋《であいぢゃや》なんぞに行ったのか。騙されて殺されたとの証を立てるには、まずその説明がつかなければならない。

寺男に手伝ってもらい、みつを本堂にはこんだ。

丁稚に買ってこさせた新しい白い布団に寝かせ、顔に白い布をかけた。庫裡《くり》で炊いてくれた一膳飯《いちぜんめし》をそなえて線香を立て、和尚に枕経をあげてもらった。須弥壇《しゅみだん》のある本堂で読経を聞いていると、みつは本当に死んだのだと言い聞かされているようで情けなくなった。

経が終わると、和尚はこちらに向きなおった。

「みなさん隠しておいでだが、じつはこういうことはおもいのほかたくさんあるものでしてな。坊主などしておりますと、檀家の家の中のようすが手に取るようにわかります。知りたくのうても、耳にはいってきます。お気になさらぬことです」

うなずいたが、納得したわけではない。

「心中じゃねぇんです。うちのは、役者野郎に無理に殺されたんですよ」

いったが、どれだけ和尚につたわったか。他人からしてみれば、心中ではなくて無理心中だったというだけのことか。そうではなくて、まったくの人殺しなのだと説明するには、なにをどう話せばよいのか。

和尚は黙ってうなずいた。女房に心中された亭主なら、みんないいたいことがひとくさりあるだろう、と顔に書いてある。

和尚がでていくと、広い本堂に、おれときよと女衆、丁稚たちが残った。みな、うつむいてすわっている。

須弥壇の前で、白い布を顔にかけたみつが寝ている。さっきからぴくりとも動かない。やはり死んでしまったのだ。

番頭に寺に来るように呼んであるがまだ来ない。女衆と丁稚たちに、本堂の縁側に出ているようにいって、女中のきよを手招きした。

きよはうちの上女中で、みつのお付きもしてくれている。家の奥のことをいちばん知っているのは、なんといってもきよだ。おれがまるで知らないみつの顔を知っているかもしれない。

「すこし聞かせてくれるか、みつのこと」

きよは、うつむいて口をとざした。

「みつが心中しそうなようすがあったかどうか、知ってることがあったら話してくれ。どんなことでもかまわない」

長い時間待った。線香が消えたので新しいのを一本立てた。

「亭主ってのは、馬鹿にできてるらしい。おれにはまったくおもいもよらねぇんだ」

うつむいて黙っていたきよが、顔をあげた。眉をひそめて、困惑した顔つきだ。唇をなめてから話しはじめた。

「あたし、いつかこんなことになるんじゃないかと、ずっと心配していたんです」

「ずっとって、いつからだい」

「それは……」

黙って待った。じっと見すえていると、きよがことばをついだ。

「……二年か三年ほど前からです」

「どうして心配になったんだ」

「それは……」

「あの茶屋に行っていたのを知っていたのか」

「あそこかどうかはわかりません」

「夢之丞に逢《あ》うのを知っていたのか」

「それも知りません」

どうにも要領を得ない話だ。

「心配になったわけを聞かせてくれ」

「はい。内儀さん、わたしがお供をしたとき、ときどきどこかに消えてしまわれるんです」

「ときどきってのは、月になんどくらいだろう」

「二度か三度です」

それが、二年も三年もつづいたなら、相当な回数をかさねたことになる。そのときは、なにもなく、夕方には家に帰ってきていたのだ。それとも、おれが吉原で泊まっているときには、帰ってこない夜もあったのか。

「夜は、どうだろうね。帰ってきていたかい」

「はい。日暮れにはかならず帰っていらっしゃいました」

「泊まったのは初めてか」

「そうです」

「いつも、どこに行ってたんだろう」

「それは知りません。でも……」

「ん」

「いえ……」

「なにか、知っているのか」

「はっきりとしたことじゃないんです」

「知っているんだろ」

きよが、指の先で口もとをなでた。なにか知っているようだった。

「知らないんです。ほんとに知りません」

ほんとに、などといわれると、かえって嘘《うそ》をつかれている気がしてならない。

「内儀さんは、きっといけないことをなさっていたんだとおもいます。でも、なにかを見たわけではありませんから……」

「どうして、みつがいけないことをしていたんだとおもうんだね」

「それは……」

またうつむいたので、気長に待った。

「なんだか、いそいそとお粧《めか》ししてうれしそうに出かけられるので、きっと……」

「きっと……」

「……好きな男の人に逢うんだとおもいました」

「ふむ」

なにを話してくれるかとおもえば、そういうことか。

「相手のことをなにか話したことはないかね」

きよは、なんども首をふった。

あれこれと問い質《ただ》したが、本当にそれ以上のことは、なにも知らないようだ。はっきりしたのは、みつが月に二度か三度、いそいそと粧しこんで、うれしそうにどこかに行くことだけだ。どこに行っていたのか、誰と会ってなにをしていたのかはさっぱりわからない。

本堂の障子が開いて、店の一番番頭がはいってきた。三十過ぎの元気な男だが、走ってきたらしく息を切らしている。本堂にはいると、おれに会釈して、まずはみつの前にすわり、手を合わせて拝んだ。

「出ておりましたので遅くなりました。たいへんなことになりましたな」

「ああ、こっちにはかまわず、店はふつうに開けて商いしてくれ」

「わかりました。ここの手伝いは、何人ぐらい寄越しましょうか」

通夜と葬儀をちゃんとやるなら人手がいる。しかし、町内の者などあまり来てほしくない。

「こっちはきよのほかは、丁稚が二人いればいい。店は忌中の紙だけ貼《は》って、あとは知らんふりしておくがいいさ。わざわざたずねる野郎もいるもんか。なにか訊《き》かれても、とりこみがありまして、と答えておけばいいさ。もし、事情を知っている野郎がきても、通夜も葬式もいたしませんといっておいてくれ」

ほかにも細かいことをいくつか相談して決めて、もう一度みつの亡骸を拝んでから番頭は店に帰った。

入れ替わりに、坂倉屋の平十郎と女房のおとくがきた。

「なんてこった。まさかおみつさんがこんな死に方するとはな」

平十郎が先に屍の前にすわって手を合わせ、つづいておとくがみつを拝んだ。二人とも、いかにも驚いた顔をしている。心中とこの寺のことは、目明かしの仁介から聞いたのだといった。

「心中って聞いたかもしれんが、うちのは殺されたんだよ。そうに決まってる」

平十郎がなんどか小さくうなずいた。どう返事していいのか、わからないようだ。

「あたしはね、いつかこんなことになるんじゃないかと心配していたんですよ」

おとくのことばが、耳にざらついた。ついさっき、誰かも同じことをいっていた。

「こんなことになるって、どんなことになるとおもっていたんだい」

おとくは、口元に袂をかざして、声をひそめた。

「いえね、いつか世間に露見するから気をつけなさいって、あたし諭していたんですよ」

「おい、いいかげんなことぬかすんじゃねぇぞ」

平十郎が小声で叱《しか》りつけた。

「でも……」

「こんなときに、なにいいだしやがるんでぇ」

「いや、おしえてくれ。露見ってのはなにがだい……」

おとくが平十郎の顔色をうかがった。平十郎がおれを見た。うなずくと、平十郎がおとくに目配せして許した。

「……露見すると心配してたのは、ほかでもない、夢之丞さんとの仲ですよ。だって、いまをときめく人気役者ですもんねぇ。若い娘にとっても人気があるんですって」

おれは息が詰まってなにもいえなくなった。

平十郎とおとくが、寝ているみつに顔をむけた。なんだか、哀れんでいるように見えた。

「お顔、見させてくださいね」

たずねてから、おとくが白い布をとった。

「まぁ、きれいなこと」

「まったくだ。こんなべっぴんで、よくできた亭主がいて金があるっていうのに、いったいなにが不足で……」

平十郎がひとりごとのようにつぶやいた。

おれは、おとくからもっと詳しい話を聞きたくて、女中のきよに本堂から出ているように目配せした。

「みつと夢之丞のことで、知ってることがあったらおしえてくれないか」

平十郎とおとくの顔を見てたのんだ。間をおいて、おとくがまた亭主の顔をうかがった。

「この際だから、知ってることがあるんなら、話すがいいさ」

「そうだよね。聞いてもらったほうがいいかもしれないね」

「ああ、ぜひ聞かせてもらいてぇ」

「……おみつさん、惚れちまったんだから、しょうがなかったのよね」

「……えっ」

おとくの顔をまじまじと見た。当たり前のことのように話している。

「あら……」

亭主は知らなかったのかしら、という顔である。

「夢之丞に惚れていたのか、うちのやつは」

おとくがすぐに目をそらした。

「そりゃ、あれだけの二枚目だもの。女なら誰だってねぇ……」

おれは腕を組んだ。そんなことが、みつにも、あったのだろうか。顔がけわしくなったにちがいない。平十郎が心配そうな顔でおれを見た。おとくが続けた。

「前はよくいっしょに遊びに出たのに、このごろは誘ってもあんまり出てこないんでね……。それで心配していたんですよ」

「このごろって、いつくらいからだろう」

「そうねぇ……、一年以上前ね。二年くらいになるかしら。それからは、わたし、いつも出かけるときの隠れ蓑《みの》だったのよ。きのうだってね、寛永寺の桜をいっしょに観《み》に行ったことにしてほしいってたのまれてたんですよ」

それなら、さっききよが話してた時期とおよそ符合する。

「相手のことは、なんて話してたかね」

「名前はなかなかはっきりいわなかったけど、じつはお愉《たの》しみなのって、おみつさんがわたしに打ち明けてくれたことがあったんですよ」

「おたのしみ……。なんのお愉しみか、話したかい」

「……それは女同士の話だもの」

「おしえてくれ。大事なことだ」

おとくがまた平十郎の顔を見た。平十郎が小さくうなずいたので、おとくが口をひらいた。

「その男と床をいっしょにしたら、そりゃ桃源郷のようなすばらしさだって……」

「………」

おれは言葉がでない。女房がそんな色狂いだったとは信じられない。

「誰だか訊いても、人気の役者だっていうばかりでね。気をもたせてなかなかおしえてくれないの。このあいだ、二人で芝居を観に行って、ようやくおしえてくれたわ。腰をぬかすほど驚いたわよ、そりゃ」

「そんな人気役者とどうやって知り合ったんだろ」

「わたしもそれを聞きたかった。口をきいてくれる人がいたらしいのよ」

口をきいた者がいるということは、知り合って恋におちたってことじゃないらしい。ぼんやりした亭主でもそれくらいのことはわかる。

「つまり、うちの女房は、役者買いをしていたっていうことか」

たずねると、おとくが困った顔になった。金をはらえば、茶屋などで同衾《どうきん》する役者がいるのは知っている。売り出し中の若手役者なら、いい小遣い稼ぎだろう。しかし、人気のある役者でもそんなことをするのか。

「そうらしいのよ……」

「夢之丞は若くて二枚目なのに、薹《とう》の立った三十女でも相手にしてくれるのかい」

「お芝居の裏にくわしい人の話じゃね、夢之丞は、年増《としま》女を意のままにころがすのが好きなんだってね。相手をするのは三十路《みそじ》の美人で金持ちの内儀さん連中が多いんですって。

自分に夢中にさせては、悦に入っているらしくてね」

ということは、夢之丞に夢中になったみつが、心中をもちかけたってことか。

「いったい、どっちが死のうなんてもちかけたんだろうな」

おれは知りたいことをそのままたずねた。おとくは目をそらして、みつの顔を見やった。

「わたしにはわからないけど、夢之丞さんに死ぬ理由はないわよね、たぶん」

三十路の女を何人もころがしていたのだとしたら、嫉妬《しっと》に狂ったみつが、先に刃物をにぎったのか。そういうことになる。夢之丞を殺して、自分も死のうとしたが、うまく喉《のど》が搔《か》き切れなかった……。

いや、それは違う。みつがにぎっていたのは簪だ。刃物を用意していたのか。それはどこにあったのか。夢之丞がにぎっていたのか。出逢茶屋の主人にしっかりたしかめなければならない。

それ以上、おとくになにをたずねてよいかわからない。

おとくは、白い布をみつの顔にかけると、もう一度、線香を立てて手を合わせた。平十郎といっしょに、深々とおれに頭をさげて帰っていった。

本堂のなかは、おれとみつの屍だけになった。

おれは、みつの前にすわった。

白い布をはずして、横顔を見つめた。

いろんなことがおもわれる。

おれは、ここに静かに横たわっている女房の、なにをどれくらい知っていたのか。ほんとうの顔を知っていたのか。おれが見ていたのは、嘘っぱちの顔だったのか。

みつを見初めたのは、大口屋の本家だ。みつは、大口屋本家の奥女中だった。

本家で雇う人間は、みな大旦那の治兵衛の爺《じい》さんが、一人ひとり顔を合わせて、人相や人となりを見定めてからきめる。

大旦那の人の目利きはたいしたもので、嘘をついたり、人を平気で裏切ったりする種類の人間はすぐさま見抜く。

——みつは、人のこころによく気がつく優しい女だ。

大旦那は、みつのことをそう見ていた。大旦那の見立ては、おれとまったくいっしょだった。十年前のことで、おれはちょうど大旦那から札差株を分けてもらい店をもつところだったので、みつが嫁として欲しかった。まっしぐらに口説いて、うんといわせた。

祝言をあげて、蔵前天王町の店でいっしょに暮らしはじめた。

二十のころのみつは、人形のようにきれいだった。三十を過ぎたが、いまでもまだたっぷり色香がある。

みつの実家は神奈川の宿で大きな旅籠《はたご》をやっている。幼いころから、母の大所帯の切り盛りのようすを見ていたらしく、いたって気のつく女だ。料理と裁縫が得意で、子どもができないのをずいぶん残念におもっていた。

もちろん嘘などつけない……、はずだ。

おれのほかに男をつくったりなどしない……、はずだ。

ちかごろでも、夫婦のことをしていた。いつもきまって満月の夜だが、十五夜が待ちきれず、十三夜や十二夜でも抱くことがあった。

襦袢と腰巻を脱がせて裸にすると、みつはとても恥ずかしがる。ことに明るいのをいやがった。わざと行灯の芯《しん》を明るくして裸にすると、恥じらってからだをくねらせるので、いじらしくてたまらなくなる。

祝言の夜のことは、よくおぼえている。

新築したばかりのおれの店の奥座敷から表の店までぶちぬきにして、大勢の客を招いた。おれとみつが正面の金屛風《きんびょうぶ》を背にして並んですわり、仲人は大口屋本家の旦那夫婦だった。奥の上座は浅草の御蔵役人たち。おれは挨拶《あいさつ》に酒を注《つ》いでまわりながら、役人たちの袖に奉書に包んだ小判を滑りこませた。

札差仲間の旦那衆や番頭、手代たちにも大勢来てもらった。

赤坂の貧乏長屋の連中も呼んでやると、みんなで有り金はたいて立派な借り物の羽織袴《はかま》を着てきやがった。

夕刻からはじめ、店の表の大座敷は、通りがかりの者ならだれでも呼び込ませた。見知らぬ人間でも、楽しそうだなと覗いている者がいたら、酒と煮染めの折り詰めをふるまった。奥から見ているとすさまじい混雑ぶりだった。折りは五百用意させたがとても足りず、いそいで三百余計につくらせた。

おれは大口屋の治兵衛の大旦那がよろこんでくれたのが嬉しかった。

「いい夫婦になんなよ」

おれのことより、みつのことを案じているらしい。

「みつなら、おれが嫁にほしかったよ」

大旦那は本気でそうおもっていたらしい。

祝言の宴がおひらきになって、客たちや手伝いの者がみな引きあげた。

片づけは明日にさせ、戸締りと火の用心をしっかりしてから、店の者たちは挨拶をして二階でやすんだ。

奥の座敷の金屏風の前に、きれいな夫婦布団《めおとぶとん》が敷いてある。

白無垢《しろむく》の綿帽子をかぶったみつが、そっと指先をついて、頭をさげた。

「末永く、よろしくお願いいたします」

「ああ、こっちこそ、よろしく頼むよ」

それからしばらくなにか話をしたはずだが、じつのところよく憶えていない。札差衆から酒をさんざん強いられたので、おれはかなり酔っぱらっていた。

「お茶のしたくさせておきましたわ」

座敷のすみに長火鉢があって鉄瓶がかかっている。いい湯気がふいている。煎茶《せんちゃ》の道具がそろっている。

「いいね、一煎たのむ」

膝をまわしたみつは、花嫁すがたのまま、慣れた手付きで煎茶をいれてくれた。

そのとき飲んだ煎茶は、甘露のあじわいだった。これから味わう二人の暮らしが、いかにも滋味あふれるものになることの予兆に感じられた。

そのとおり、札差の商いはうまくまわり、子こそ生《な》さぬものの夫婦仲はいたってよかった。すくなくとも、おれはそうおもっていた。

そのみつは、殺されてしまった。

いや、心中したのか……。それがよくわからない。

池之端の茶屋には、もう一度行って、話をくわしく聞いてみよう。部屋でどんなふうに二人が死んで倒れていたのか。みつが逃げまどった跡はなかったのか。ほんとうに料理を食べて酒を飲んだのか。布団は敷いてあったのか。寝た跡はのこっていたのか……。主人だけでなく女中にも話を聞きたい。できれば、町奉行所の同心にも検分したことを聞かせてもらえないものか。そうだ、前にも行ったことがあるのかどうかももう一度確かめねば。

それから、役者の夢之丞のふだんのようすをよく知っている者に会って話を聞きたい。夢之丞は、ふだんどんな暮らしぶりだったのか。おとくのいっていたように、ほんとうに何人もの三十路の女を手玉にとって遊び惚《ほう》けていたのか。そのなかにみつがどうやってはいったのかも知りたい。いったい誰がみつとあの若い役者をつないだのか。

そんなことをおもいながら、おれは、みつの屍の前でごろんと横になった。腕枕で目を閉じた。

しばらくそうしていると、疲れていたせいか微睡《まどろ》んで眠りにおちた。みつの夢を見た。裸のみつと布団でむつみ合っている夢だ。みつの陰門が潤いゆたかにやさしくおれを包んでいる。抱きしめて頬ずりすると、耳もとでおれの名を呼ぶ。甘い声に猛《たけ》って強くまっしぐらに突きつづけると、声がさらに甘くせつなくあえいで、おれにすがりつく。恥ずかしがりで、淫《みだ》らな悦びを見せまいとこらえているのに、こらえきれずに声がもれてしまう。みつとの床は、十年たっても飽きずに艶めいている。

目をさますと、本堂がうすぐらくなっている。障子があかね色にそまっている。もう日暮れだ。起き上がってあぐらをかくと、和尚がやってきた。

「暗くなりましたな。灯《ひ》を入れましょう」

あとに付いてきた小坊主たちが、蠟燭《ろうそく》や灯明をたくさんもっている。外の縁側にきよの顔が見えたので、丁稚といっしょに入るように手招きした。三人は小坊主たちを手伝って、本堂のあちこちに灯明を置いてまわった。小坊主たちは須弥壇に蠟燭を灯した。

「せいぜい明るくたくさん灯してください」

財布から取りだした小判を懐紙に包み、畳をすべらせて和尚にさしだした。

「これはお灯明代です」

合掌した和尚は、小判の包みをそっと袂にしまった。

「通夜のお参りは、大勢お見えになりますでしょうか」

問われて、おれは首をひねった。お参りしてくれる者が来たなら、御斎《おとき》と酒はなくても、渋茶の一杯くらいはしたくしておかなければなるまい。

「いや、来ますまい」

町役人には知らせてしまったが、なんといってもはばかられる死にざまだ。番頭には町内にも大口屋の分家にも知らせないようにいっておいたから、誰も来ないだろう。和尚はうなずいてさがった。

蠟燭と灯明で明るくなった本堂にすわっていると、障子があいて、店にいるはずのほかの丁稚たちが五人そろってはいってきた。

「どうしたんだ」

「内儀さんにお参りしたくて、みなでまいりました」

いちばん年嵩《としかさ》の丁稚がこたえた。

「番頭にいわれたのか」

「いえ、わたしからお参りさせていただきたいとお願いしました。ほかの者も、みなお参りしたがっております」

「そうか……」

丁稚たちがいったいなんのために、みつの通夜にお参りしてくれるのか、すぐにはわからなかった。

「やさしい内儀さんがひどい目にあわされるなんて……」

丁稚たちは順番に、数珠をかけた手を合わせて拝んだ。どの丁稚もすすり泣いている。

つぎに女衆たちがやってきた。

十代の若い下女中《しもじょちゅう》が店には四人いる。さっき湯灌を手伝ってくれた二人もいっしょだ。

本堂にはいったときからみんな泣いている。

つぎにきた、二人の上女中たちは、手を合わせるとみつの屍にすがりついて泣いた。

四人の手代と三人の番頭たちも交代でやってきた。

みんな泣いている。泣いてくれた。

女房のみつは、店の者たちから慕われていたのだ。それがうれしくて、おれは涙がとまらなくなった。

みつとおれは祝言をあげると、店で二人してよく働いた。

愛想のよいみつが茶碗《ちゃわん》を盆にのせてあらわれると、客がよろこんで店がはなやいだ気がする。女衆や丁稚、手代、番頭たちのことも、よく気がついて面倒を見ていた。三度の食事のしたくも、女衆たちに指図して、金がかからず滋養があって元気のでるものを用意してくれた。

片づけや掃除がじょうずで、いつもからだを動かしている。店にも奥にも、季節の花を飾ってくれた。

着物や簪などをほしがったことはない。店の商いはすぐ順調にまわりはじめたから、好きなものを買うように多めにこづかいをわたしていたが、ほんのときたま着物を買うくらいで、始末がよかった。

夜はいつも睦《むつ》まじくしていた。

札差仲間の寄合がないかぎり、おれは遊びにはいかなかった。二人でゆったり過ごすのがたのしくて好きだった。

夕餉《ゆうげ》のあと、女衆たちに手習いや裁縫をおしえてから風呂にはいると、みつは寝間着に浴衣を着た。

奥の座敷に布団を二枚敷いて、あれやこれやと四方山《よもやま》の話をするのもたのしかった。

行灯の火を暗くして、じっと目を見つめると、からだを寄せてくる。

洗い髪がいい匂《にお》いだ。風呂あがりの肌が薫《かお》る。

肩を抱き寄せて耳を噛《か》む。口を吸う。首筋に唇をはわせる。浴衣の前をはだける。白い乳房がふくよかでやわらかい。乳首を口にふくんで舌の先でころがすと硬くなる。

帯を解いて、浴衣を脱がせる。腰のくびれが艶《つや》っぽい。腰巻をはずして、あちこち撫でさすり、大事なところをくじってやると、目を細めてうれしそうな顔になる。恥ずかしがって喜悦をこらえているので、あれこれ手をつくしてもっと悦ばせたくなる。

祝言から一、二年は、夜ごとに裸になって抱き合った。

何年かたつと、すこし回数がへった。ただ、やはり子は生《な》したい。それで、月ごとの満月の夜は、晴れていても曇っていて月が見えなくても、みつを抱くことにした。孕《はら》みやすいと聞いたからだ。

子はできなかった。

満月の夜のちぎりは、いつも愉しみだった。

寒くない季節で月が出ていれば、障子をあけて月の光を座敷にまねきいれ、月光を浴びたみつの裸身をたっぷりとながめた。

店の者たちは、しばらくみつを囲んで、やすらかな死顔を見ていた。

「どうしてこんなことに……」

若い女衆がつぶやいてこちらを見たが、おれは黙ったまま首をふった。なにもわからないのだから、こたえようがない。

「わたしも夜伽《よとぎ》いたしますよ」

一番番頭がいってくれたが、

「二人にしてくれ」

と、断って帰した。

店の者たちが帰ると、おれはみつの前にすわった。じっとみつの顔を見ていた。なにかいいたげに見える。つらいことがあったのではないのか。

「いったい、なにがあったんだい……」

みつにたずねたが、もちろん口をひらくはずがない。

寺の小坊主が、盆に握り飯二つと茶を持ってきてくれた。

「塩むすびでございますが……」

「ありがとう」

熱い茶をすすって、すこし気を取りなおした。

立ちあがって障子をあけると、境内の桜が夜目にも満開だ。しばらく見とれてから、またみつに向き合ってすわった。

みつの顔を見ていると、胸がずきずき痛んで、たまらなく嗚咽がもれた。

第三章　裏切り

みつを弔ったつぎの日、おれは池之端の出逢茶屋《であいぢゃや》に行った。

出かける前に、仏壇に手を合わせた。焼き場で骨になったみつは、小さな壺《つぼ》におさまってしまった。一人で骨を拾うとき、情けなくて涙が止まらなかった。

――おめぇが無理に殺されたのを、かならず証《あか》してやるさ。

そう誓って、仏壇の鈴《りん》を鳴らした。澄んだ音色が、あの世のみつが無辜《むこ》をうったえているように響いた。

辻駕籠《つじかご》を呼んでこさせてまずは寛永寺に行った。

黒門から境内にはいって歩いた。桜はもう散り始めている。万朶《ばんだ》の花びらが青空に舞って夢か幻のごとく美しい。爛漫《らんまん》の桜が切なく苦しく胸をしめつけるものだと初めて知った。

朝のことで人はすくないが、名残の桜をめでるそぞろ歩きの遊客がいる。

つい三日前、みつもここで満開の桜を眺めていたのだ。桜を見ながら、あいつはいったいなにを想《おも》っていたのだろうか。

黒門を出て、あたりを眺めた。辻駕籠がいくつかならんでいる。

女中のきよの話では、みつはここで駕籠に乗ってどこかに消えたのだという。すぐそこの池之端の出逢茶屋に歩いて行くのを見られたくなくて、わざとそうしたのだろうか。

四人で暇そうに立ち話している駕籠かきに声をかけた。

「ちょっと訊《き》きてぇんだが、三日前、ここから池之端の茶屋まで、三十過ぎの町方の女房を乗せなかったかね」

「へへっ、旦那《だんな》の内儀さんですか。寝取られちまったのかね」

駕籠かきたちが下卑た声でわらった。ことばが胸に突き刺さる。間抜けな寝取られ亭主にされてしまった。殴ってやろうかとおもったが、言い返すことばがみつからない。

おれの顔がひきつったのかもしれない。駕籠かきたちのわらい声がとまった。

「旦那、ひょっとしたら、蓬莱《ほうらい》の心中の……」

おれは返事ができずに、唇を噛《か》んだ。心中のことは、この界隈《かいわい》でずいぶん話題になっているらしい。

「ちげぇねぇ。大口屋の旦那でしょ」

蔵前の札差《ふださし》の風儀のまま、ぞろりと裾《すそ》の長い羽織を着ている。知っている者が見たら、ひと目で札差だとわかる。

「たいへんな内儀さんをもっちまったね」

「まったくだ。役者を殺して無理心中するなんざ、般若《はんにゃ》に憑《つ》かれたとしかおもえねぇ」

口にした駕籠かきを、おれは睨《にら》みつけた。

「殺したんじゃねぇ。女房は役者野郎に殺されたんだ」

「そうですかい。でも、ここらじゃ、内儀さんが無理に殺したって噂《うわさ》になってますぜ」

「いや、殺されたに決まってる。その証《あかし》を立てたいんだ」

おれの口調が強かったせいか、駕籠かきたちがひるんだ。ひとりが口をひらいた。

「あっしは池のほとりに寝かされている内儀さんを見やしたが、たいそうな別嬪《べっぴん》でしたね。ここいらじゃ見たことのねぇ顔だ」

「そうかい。見たことがないか」

それを聞いて、すこしほっとした。ここから池之端まで駕籠に乗っていたら、みつがひとりで役者に会いに行ったことになる。乗らなかったのを証したいのだ。だれかに騙《だま》されて無理に連れていかれたにきまっている。

「池之端なら歩いたってすぐ目と鼻の先だが、お付きの女中の目をくらませるために、わざと駕籠に乗ってぐるりと池をまわって行ったかもしれない。かわった乗り方なら、おぼえてるんじゃないかとおもってたずねたんだ」

「そんな女がいたら、ここらの駕籠かき仲間の話にのぼらないはずがねぇな」

「ああ、聞かねぇ話だね」

駕籠かきたちは首をふって知らないといった。黒い懸念がひとつ消えたので、おれは安《あん》堵《ど》した。

「花見客をあてこんで、ふだんはここにいない駕籠かきもあつまってくるから、そういう連中が乗せたのかもしれませんぜ。まあ、力を落とさずにいておくんなさいな」

駕籠かきの声に同情がにじんでいる。おれは、やはり、役者狂いの女房に心中された気の毒な亭主なのか。世間からはどうしたってそう見られている。

黒門からゆるやかな坂をくだって、池之端まで歩いた。

何軒もある出逢茶屋のひとつに、町人の男が暖簾《のれん》をくぐってはいる背中が見えた。すこしはなれてうしろを歩いていた女が、小走りになってあとにつづいた。その女の足どりが、これからの秘め事にこころをときめかせているようで、いやに淫《みだ》らに感じられた。

蓬萊は、暖簾をだしていない。表の障子戸が閉まっている。

障子戸を開けて土間に立って声をかけた。

「ごめんよ。ちょっと頼みたい」

すぐに仲居があらわれた。

「おそれいります。本日は……」

「休みだな。主《あるじ》の吉右衛門さんがいたら、話したいんだ。大口屋の文七だといってくれ」

目をまるくした仲居が奥に引っ込むと、しばらくして吉右衛門があらわれた。なにかをいいかけるまえに、懐紙に包んだ十枚の小判をにぎらせた。

「女房が迷惑をかけたのはもうしわけない。ただ、おれはこのあいだいったように、とても信じられないのさ。どうしたって無理に殺されたとしかおもえねぇ。心中したっていう二階の座敷を見せてもらいたいんだ」

吉右衛門は、にぎった小判の包みの重さをはかって懐にいれた。

「おあがんなさい。畳はもうあげちまったよ。どの畳も血で汚れてたからね」

板敷きの奥にある階段をあがっていくので、草履を脱いであとにつづいた。

二階の廊下の左右に座敷がならんでいる。奥の襖《ふすま》を開けると、広い座敷には畳がなく、床下の粗削りの板がそのまま見えている。となりの座敷には畳があるが、襖が外してある。

部屋の壁際に小さな塗りの盆を置いて、梵字《ぼんじ》を書いた御札が祀《まつ》ってある。座敷の四隅には、小皿に塩が盛ってある。四隅の柱にも御札が貼《は》ってある。

「修験者を呼んで、お清めの祈禱《きとう》をしてもらったんだ。どうにも恨みの念が強いから、しばらくこの座敷は使わないほうがいいっていわれたよ」

「恨みの念が強い……ってのは、どういうこった」

「さぁな。夢之丞さんが死にたくなかったんじゃないのかね」

「死にたくなかった……」

「あんたは、内儀さんが殺されたとおもってるんだろうが、おれには夢之丞さんのほうが無理に殺されたように見えたね」

　吉右衛門が、やけに落ちついた声でいった。

「二人は、どんなふうに死んでたんだね」

「ここに重なっていたよ」

　ちょうど御札が盆に祀ってあるところを両手で人の形に細長くしめした。その向きで死んでいたのだろう。

「夢之丞さんが下で仰向《あおむ》きに死んでた。その上に、あんたの内儀さんがかぶさってたんだ」

「布団は……」

「むこうの部屋に敷いてあった。こっちにゃ、ふたり分の仕出し料理が、二の膳《ぜん》までつごう四膳、どれも蹴《け》飛《と》ばされて転がってたよ。脚が折れてた膳もあったな」

「うちのが、乱暴されたんじゃねぇか」

　首をかしげた吉右衛門が、顎《あご》をなでた。

「皿は散らばってたが、料理はほとんど残っていなかった。二人で食べて、酒を飲んでからのことだったようだな」

　料理を食べたのなら、合意のうえでこの座敷にいたことになる。

「あそこの襖に血飛沫《ちしぶき》が飛んでいたから、まずはそのあたりで喉元《のどもと》を掻《か》き切ったんだろ。

それから二人でもつれあってあちこち転がった。畳の血の汚れはそんな跡に見えたな。仏さんの顔や手だって、そんなぐあいに汚れていただろ」

たしかに相手と揉《も》み合ったあとの汚れに見えた。みつは殺されたくなくて抗《あらが》ったのだと信じている。……いや、そうおもいたい。

「重なって死んでいるまわりは、血が池になるほど染み込んでいたよ」

吉右衛門のことばの一語一語が、修羅場を浮かびあがらせる。

「刃物は残ってたのかい」

「小ぶりの匕首《あいくち》だ。奉行所の同心が持っていったよ」

「どっちが持ってたんだね、その匕首は」

「夢之丞さんだ。寝ながら右手でにぎってた」

「ならば……」

「いや、もう虫の息の夢之丞さんに匕首をにぎらせ、内儀さんが両手でそれを持って自分の首を切りつけたんだろう。よっぽど夢之丞さんに殺されたかったんだろうぜ。そのままのかっこうで死んでたよ」

話しながら、吉右衛門が、夢之丞とみつのすがたを演じて見せた。からだの向きや手の具合まではっきり示されると、生々しい二人のすがたが目に浮かんで息が苦しくなった。おれの総身で血の道がはげしく脈打っている。

おれはかぶりをふって息をととのえた。喉がからからに渇いている。

女房がそんなことをするはずがない。すくなくとも、おれの知っているみつは、そんなことをしない女だ。

……そうだ、みつは右手に簪《かんざし》をにぎっていた。殺されそうになったので、簪で反撃しようとしたはずだ。いまの吉右衛門の話では、どうしたって得心がいかない。

吉右衛門がおれの不審顔に気づいた。

「簪を持ってたっていいたいんだろ。あれは、転がってたのを仲居がにぎらせたんだよ。髪がほつれて、簪なんざ挿せなかったからな」

すがりついていた蜘蛛《くも》の糸が、ぷつりと切れてしまった。頭のなかがまっ白になった。もうなにもかんがえられない。

縁側の障子をあけると、不忍池のむこうに、桜に包まれた上野の山が見えた。晴れた青空に痛みを感じる。

「うちの女房は、ときどきここに来てたのだろうか」

背中をむけたまま吉右衛門にたずねた。

「さて、どうかね。できるだけお客と顔を合わせないのがこういう茶屋の繁盛のコツでね。お客の顔なんぞは、いちいち拝まないいんだよ」

「仲居はどうだろう。膳や酒を運ぶときは、どうしたって顔を見るんじゃないのか」

「気になるなら、下でたずねてみるがいいさ。通いの仲居は休みだが、住み込みが二人いる。あの二人なら馴染《なじ》み客の顔を見知っているだろうさ」

障子を閉めて向きなおると、畳敷きのとなりの座敷が気になった。

「布団は敷いてあったのか」

「ああ、そこに敷いてあったよ」

「……その、なんだ。布団は……」

おれは口ごもった。たずねにくいことだ。布団はどんな具合だったのだろうか。なにもせずに、心中したのか。それとも……。

「聞きたいかい」

吉右衛門が、おれをまっすぐに見た。視線が痛い。

「いや……」

聞きたいが、聞くのが怖い。いまの吉右衛門のいい方では、布団は乱れていたようだ。それ以上はっきりは聞きたくない。

「やめておこう」

それだけこたえるのが、やっとだった。

階下の帳場にいくと、吉右衛門が女将《おかみ》に仲居を呼ぶように命じた。やってきた二人は、どこかにでかけるつもりだったらしく、すこし迷惑顔だ。

女将が、長火鉢の鉄瓶の湯で茶をいれてくれた。女将は吉右衛門の女房だといった。

熱い茶をすすってから、おれは口をひらいた。

「こないだ二階で死んだ女だが、前にもここに来たのを見たことがあるかね」

二人の仲居は、すぐにうなずいた。

「はい。二、三度」

「わたしは、もうすこし……」

ならば、みつは、あの夢之丞という役者と何度も逢瀬《おうせ》をかさねていたのか。ほんとうに惚れこんでいたのか。

「いつごろから見た覚えがあるかね」

「一年より前……、二年くらいになるかしら」

「それで月に一度か二度来てたのなら、二十遍ってことだな。床上手な相手ってのは、癖になるらしくてね、やめようたって、やめられねぇもんですよ」

吉右衛門のことばに、おれの口があんぐりと開いてしまった。

「そりゃ、ご亭主にとっちゃ、たいへんな霹靂《へきれき》でしょうけどね。いっちゃなんですが、ご亭主が内儀さんを女中と同じにおもって、ご自分は吉原で遊んでいると、女だって遊びたくなりますよ」

女将が、しれっとした顔でいった。

「いや、おれは……」

「まるで身におぼえがござんせんか」

さらに畳みかけられて、ことばに詰まった。みつを女中と同じにおもったことなどないが、吉原に行ったのはたしかだ。大口屋の寄合や、勘定所の役人を接待するためだが、そんな言い訳は通用しまい。おれだって愉《たの》しんだ。

「こういう商売やってるとね、ときどき女の慾心《よくしん》が恐ろしくなることがあるね」

煙管《キセル》に火をつけて、吉右衛門がつぶやいた。

「女ってのは、欲しくなったら、ぜんぶ自分のものにしねぇと気がすまないんだな。自分のものにならないとわかったら、殺してでも手にいれようとおもうんだよ。業が深いっていうのか、女の慾の深さは底無しだな」

「男の慾と質がちがうだけざんすよ。男はたくさんの女に惚れて何人でも何十人でも欲しがるでしょ。女はね、惚れた男一人を骨までしゃぶりつくしたいのさ」

女将の話がみょうに納得できた。たしかに女にはそういうところがあるのかもしれない。

「へっ、おそろしいこった」

吉右衛門が火鉢の角で煙管を叩《たた》いて灰を落とした。

「女はだれでも般若ですよ。惚れた男をほかの女にわたすくらいなら、喰《く》い殺しちまいたいのさ」

ただ、おれには、みつがそんな般若だったとはどうしてもおもえない。

「夢之丞って男は、しょっちゅうここに来てたんだね」

たずねると、吉右衛門が顔の前で手をふった。

「いや、そっちの話はかんべんしてくれ。うちから話が漏れたなんてことになったら、商売の障りになる」

おととい、吉右衛門はすこしだけ話した。芝居が休みになると、夢之丞はここに来るといっていた。そのたびごとに、みつが通っていたのか。多い日には三人もの女を相手にするともいっていた。それで嫉妬《しっと》に狂ったみつが凶行におよんだのか……。

「女は何人もいたんだね」

たずねると、女将があっさりこたえた。

「そりゃ、あれだけ男前の役者さんですからね、すこしだけでも添ってみたいって女の人は多いでしょうよ」

「みんな金を払う客ばかりか……」

「うちは座敷を貸してるだけだから、そこまで首をつっこんじゃいねぇよ」

吉右衛門が首をふって茶をすすった。

「わたしたちは、もうよろしいでしょうか」

仲居がたずねた。

「もういいね」

吉右衛門に問われて、おれはこころを決めた。どうしても訊かなければならないことがある。

「いや、おしえてくれ。部屋でのふたりは、どんなようすだったかな」

仲居が吉右衛門の顔を見た。話してよいのか目でたずねている。吉右衛門が目でうなずいた。

「このあいだのときは、声をかけて襖を開けても、すわって抱き合ったままでいらっしゃいましたよ。口を吸い合っていらしたんでしょう」

聞かなければよかった。針金で首を絞められたようだ。

「それくらいふつうですよ。膳をはこんでも、布団でお繁《しげ》りの最中だなんてことはいくらでもありますから」

女将のことばで、喉を掻きむしりたくなった。

「うちの女房は嫌がってたんじゃないのか。夢之丞が無理に口を吸おうとしたので、突き放そうとしてただろ」

「いいえ、夢之丞さまにもたれてらっしゃいました。うっとりした顔で、女の人がせがんでました」

仲居にいわれて息が苦しくなった。ここまで聞いたら、最後まで聞いたほうがよい。

「布団はどうなってた」

「ずいぶん乱れておりました」

仲居にきっぱりいわれて、おれは自分の喉を搔き切りたくなった。

「料理を食べてすこし飲んで、それから布団でお繁りして……。帰り仕度をととのえてから、匕首を取りだしたんだろうさ。そんな塩梅《あんばい》に見えたよ」

吉右衛門にいわれて、おれはそれ以上、もうなにもたずねることができなかった。
三、四日、おれは蔵前の店の奥座敷で寝ころがって溜《た》め息《いき》ばかりついていた。なにもする気がおきない。仏壇に向かっても、手を合わせる気にならない。骨壺《こつつぼ》に向かって愚痴を吐き捨てるばかりだ。
――おめぇは、そんな女だったのか。いったいおれになんの不満があったんだ。

たしかにおれは吉原で遊んだが、大口屋の大旦那のいいつけだ。愉しんだには違いないが、みつを疎かにしたおぼえはない。

――ひでぇ女だぜ、まったく。

いい捨てて、ごろんと横になる。みつは、床でおれにいつもすがりついて、甘いあえぎ声でおれの名を呼んでいた。ほんとうに満足して気をやっていた……。そうとしかおもえない。

それとも、あれは感じているふりをしていただけなのか。こころの内で、おれのことをあざ笑いながら抱かれていたのか。そうだとしたら身の毛がよだつほど恐ろしい。

みつのことをいくらおもい浮かべても、般若の面は見えてこない。

寝間の床でもそうだし、日頃の暮らしぶりからたどっても、どうしてもみつの本性が般若だったとは信じられない。いや、ただおれがそうおもいたくないだけなのか。

夫婦になってひとつ屋根で暮らして十年。毎日顔を合わせ、いっしょに飯を食い、あれやこれやと話をして、いつも隣の布団で寝て、ときどき裸になって抱き合っていても、こころの奥まで見透かせるわけじゃない。みつがほんとうはいったいなにをおもっていたのか。いまとなってはさぐる術《すべ》さえない。

番頭や手代、丁稚を奥座敷に一人ずつ呼んで、みつの思い出話がなにかあったらしてくれと頼んだ。こんなときだからか、悪くいう者は一人もいない。目をかけてやさしく面倒をみてくれた、という話ばかりをする。

「なにか、おかしなようすはなかったかい」

一人ひとりにそうたずねたが、首をかしげるばかりだ。すくなくとも、店の男たちの目には、いたってやさしい内儀に見えていたのはまちがいない。

上女中のきよを呼んでたずねた。

「ときどき一人でどこかに消えたっていってたが、消えたのはいつも寛永寺かい」

「いえ、湯島天神だったり、日本橋だったり、浅草だったり、その時によってちがいました」

ならば、寛永寺黒門前の駕籠かきが知らなくてもうなずける。

「帰りはどうしていいたんだろう」

「わたしはお小遣いをいただいて、両国で待っていました。あそこなら珍しい見せ物や曲芸があるので一日遊んでいられます。暮れ六ッ（およそ午後六時）前に、いつもの水茶屋で待っていると、内儀さんが帰ってこられるのです」

心中した日は、みつが戻らなかったので、辻々の木戸が閉まる前に一人で帰ってきたのだといった。

「いつも、池之端に行ってたのだろうか」

「さぁ……。どちらへ行かれるんですか、とおたずねしたことがあったのですが、お笑いになるだけで、教えてはいただけませんでした」

それよりほかのことは、やはり知らないといった。なにかまだ知っているような気がしてならないが、なにをどうたずねてよいのかわからない。

ほかの女中や女衆たちは、みつにやさしくしてもらった話ばかりをした。

「同じ女としてどうだろ、浮気性なところは感じなかったかね」

二十歳《はたち》すぎの女中にたずねたが、逆に恐い目でにらまれた。

「そんなことをなさる内儀さんじゃありません。旦那さん、内儀さんのこと信じてらっしゃらないんですか」

すくなくとも、店のなかでは浮気のそぶりなどまったく見せなかったようだ。それが無辜の証ならいうことはないのだが、あの死にざまをひっくり返すだけの力にはならない。

——おめぇ、いったいどんな女だったんだ。

寝ころがってかんがえていると、どうにもわからなくなってくる。店の者がみつを悪くいわないのは、贔屓目《ひいきめ》で見ているせいかもしれない。あの苦しそうな死に顔は、痛みに耐えかねただけなのか。

——ちっ、わからねぇや。

たとえ女房でも、他人のこころの奥は闇《やみ》に閉ざされていて覗《のぞ》けない。溜め息ばかりがでて情けなくなった。

夢之丞の父親の福右衛門とは、とにかく会って話をつけたい。

店の者たちと話していると、手代の佐吉《さきち》が芝居にくわしいのだと知った。月に三日の休みはたいてい芝居を観《み》にいっているそうだ。

佐吉にたずねると、福右衛門は先月から日本橋の中村座にでていたという。せがれの夢之丞が死んでからは、舞台を休んでいるそうだ。当の夢之丞は市村座にでていたが、ちょうど一ヶ月の興行が終わって休みにはいったときのことだったという。

「夢之丞の初七日が明けたら、福右衛門が新作をかけるそうですよ」

佐吉がそんな話を聞き込んできた。

「新作ってのは、まさか……」

「ええ、どうやら心中の芝居だそうです」

まったくなんて野郎だ。せがれの心中を舞台にかけるなんざ、親のするこっちゃねぇ。

「役者ってのは人間じゃねぇのか。親の情があるとはおもえねぇな。もしも、うちの女房まで出てくるなら芝居小屋に火を付けてやる」

「噂《うわさ》なんですが……」

「なんでぇ」

「夢之丞は、福右衛門の実の息子じゃないっていわれてるんですよ」

「どういうこった」

「福右衛門の内儀さんが浮気した相手の子だって噂です。嘘《うそ》かほんとうかわかりゃしませんが、ほかにそんなことといわれている役者の親子はいませんから、案外ほんとうかもしれません」

なにをかいわんや。まったく乱痴気な一家だ。

「芝居が休みなら、福右衛門にちくっと会えねぇかな。むこうだって、おれと談判したいはずだ」

「そうですね……」

「家はどこだい」

「たしか日本橋高砂《たかさご》町で、夢之丞もいっしょに住んでたはずですが、内儀さんが死んでからは、妾《めかけ》の家を順に泊まり歩いているって噂です。さて、どこにいることやら」

「福右衛門の内儀さんは、いつ死んだんだい」

「五、六年になりますか。表向きは病ですが、井戸に飛び込んだって話も聞こえています」

「けっ、好き放題やってくれるね、まったく」

福右衛門は、おれに談じて金を取るより、芝居にして木戸銭を稼ぐことをかんがえたのだ。おれとの談判など、するつもりはなさそうだ。


初七日明けに新しい芝居がかかるというので、佐吉を芝居茶屋にやって初日の桟敷席をとらせた。池之端でのみつとの心中が瓦版《かわらばん》にもなったので、ずいぶんと前評判が高いらしく、席料をかなりとられた。

その朝、佐吉を供につれて日本橋にいった。小屋は明け六ッ（およそ午前六時）から開いて芝居をやっているというが、福右衛門がでるのは午《うま》の刻（およそ正午）だと聞いたので、それに合わせてでかけた。

中村座は大きくて立派な建物だった。舞台の絵や役者の名前をつらねた看板がならび、色とりどりの旗と幟《のぼり》が奇天烈《きてれつ》な祭みたいに騒がしくけばけばしい。小屋前にとんでもなく大勢の人々が群がっている。一幕見《ひとまくみ》の席になんとかはいろうとしている客らしい。

看板をよく見れば、「恋地獄般若道行」と大書してある。恐ろしい般若面の女が、若い男にかぶりつこうとしているおどろおどろしい絵が描いてある。題には心中とつけたかったんだろうが、そいつは御法度だ。題になくても、心中を演じればすぐに幕府《おかみ》から上演中止の沙汰《さた》がでるだろう。

ちかくの芝居茶屋で案内をたのんで、演目の休憩時間に小屋にはいると、見物客がぎっしりすわっている。客は男より女のほうが多い。芝居と役者には女を狂わせる魔力があるのかもしれない。

「夢之丞ってのは、どんな役者だったんだろう」

桟敷席にすわって手代の佐吉にたずねてみた。

「なんといっても福右衛門のせがれですからね、三つの時に初舞台を踏んで、十歳で成田不動尊が岩屋から出てくる役をやったら、舞台に投げられた賽銭《さいせん》が毎日十貫文もあったそうですよ」

それはすさまじい話だ。江戸では、朝は魚河岸、昼は芝居、夜は吉原で、毎日千両ずつ金がうごいているというが、この客の群がり方とそんな話をあわせてかんがえるとまんざら大袈裟《おおげさ》でもなさそうだ。

名代の役者の名跡《みようせき》をついで、子役のころから人気があってとんでもない大金を稼いでいたとすれば、どうにもふつうの人間の感覚をもっているとはおもえない。

「遊び好き、女好きって噂はどうだい」

桟敷のまわりに女客が多いので、小声でたずねた。

「それはずいぶんあったようですね」

「吉原じゃ、あんまり噂を聞かないようだが」

「素人が好きなんだそうですよ。三十路《みそじ》の美人で金持ちの内儀さんを……」

そこまでいって、佐吉がはっと気づいたように口をつぐんだ。

「かまわねぇ。ほかでも同じ話を聞いた。気にするな」

坂倉屋のおとくもそう話していたから、大筋まちがいなかろう。

「役者としちゃ、どうだったんだ。芝居はうまかったのか」

「いい役者でしたよ。親父《おやじ》の福右衛門より男前だし上背もあって、舞台でも華があります。福右衛門の名をついだら、大看板になったはずです」

みつは、そんな役者に惚れたのか。茶屋で売っていた夢之丞の絵はたしかにずいぶん男っ振りがよく描いてあった。そんな男を独り占めしたくなったのか。

拍子木が鳴って、黒、白、柿色の幕が引かれて芝居がはじまった。

芸事に熱心な若い役者が、竜神に祈願して滝行をしている。

女人断ちをして芸道をきわめることを誓うが、隠れてついてきた女に滝行を邪魔され誘惑される。

町に帰った役者は芸道に専念しようとするが女につきまとわれる。

女はあまりの恋慕がつのって、ついに般若になってしまう。

魔性の力を得た女は、役者が持っていた御札をやぶり捨ててどこまでも追いかける。

それに気づいた役者の師匠が竜神に祈願するが、一足遅く、役者は般若に喰い殺される。

遅れてやってきた竜神が、役者をむさぼり喰らう般若を成敗する――。

そんな筋立てだった。恋狂いの化け物女が、色男の役者を喰い殺す話だから、たしかに心中物ではない。

馬鹿馬鹿しい芝居を一刻（約二時間）ばかりも見せられてへどがでそうになったが、満座の客席のなかには、若い役者が喰い殺されるところですすり泣いている女がたくさんいた。福右衛門は師匠と竜神の二役だ。般若をさんざんに成敗して天に見立てた天井の屋根裏に吊《つ》り上げられて昇っていったから、演じていてさぞや気分がよかろう。

つぎの芝居を見る気など起きず、佐吉といっしょに小屋を出た。

「あの若い役者は誰だい」

主役を演じた役者は人気があるようで、大向うからしきりと声がかかった。

「あれは、鶴若といって、福右衛門の妾の子ですよ。いい役者ですがいままで日の目があたりませんでしたね。これで売り出すつもりかもしれません」

「まったく梨園《りえん》ってところは、へんちきな世界だな」

溜め息とともに吐き出すと、佐吉がうなずいた。

「初代の福右衛門なんぞは、元禄《げんろく》のころ、舞台のうえで役者に刺し殺されたそうです」

「観客のまえで刃傷沙汰《にんじょうざた》があったってことか」

「大騒ぎだったそうですよ。その役者は婿養子にとった弟子の嫁と密通してたので意見したのに耳を貸さなかったとか。それで、舅《しゅうと》が嫁に惚れる狂言をしたてて諫《いさ》めたら、逆上して殺されたって話です」

まったくとんでもない野郎ばかりがそろっていやがる。あきれてなにもいう気にならない。

木戸のそばに羽織を着た男がいた。この小屋の取締かなにかだと見当をつけて声をかけた。

「蔵前大口屋の文七って者だ。福右衛門と話をしたいんだが、とりついでくれねぇか。あの野郎だっておれに会いたいはずだ」

男がじろじろとおれを見た。蔵前風の裾の長い羽織に気づいたらしい。

「大口屋って、あの池之端の……」

「ほかに訪ねてくる大口屋に心当たりでもあるかい」

「いえ、つごうを聞いてきます」

若い衆がそばにいたが、羽織の男は自分で奥に引っ込んだ。

すぐ男がもどってきて、楽屋に案内された。奥への狭い通路は、小道具やら衣装箱やらが乱雑に置かれていてまっすぐに歩くのもむずかしい。

楽屋にいた福右衛門は、派手な竜神の隈取《くまど》りを手拭《てぬぐ》いに移しているところだった。楽屋には物がたくさん置いてあるし、付き人らしい連中が何人もいて、すわる場所さえないから、立ったまま待っていた。手拭いをはがすと、赤と黒の派手な隈取りがみごとに移っていた。桶《おけ》の水で顔を洗うのを待ってやった。

「てめぇのほうから詫《わ》びを入れにくるのを待っていたんだが、音沙汰なしのうえに、こんなとんでもねぇ芝居をかけやがって、いってぇどういう了見だ」

ゆったりと手拭いで顔をぬぐっているしぐさが腹立たしい。

「へぇ。やっぱりこころが咎《とが》めて観にきたかい。そっちが謝りにこねぇから、芝居にしたのさ。胸にしみるいい芝居だったたろ」

「なんだと、この野郎ッ」

一歩踏みだすと、まわりにいた付き人たちが壁になって福右衛門を守った。

「ふん。こちとらてめぇの女房にせがれを殺されたんだ。きちんと詫びにくるのが筋ってもんだろ。それとも詫び証文でももってきたか」

「ふざけるな。夢之丞はてめぇの女房の間男の子だってぇじゃねぇか。そんな埒《らち》もねぇ野郎だから、好き放題に女をもてあそんで、あげくに人まで殺《あや》めやがって。まったくどうにもならねぇこんちき野郎だぜ」

福右衛門の顔色がにわかに変わった。女房の不義の子だというのは、どうやら本当らしい。

「なんだとッ」

立ち上がった福右衛門が、おれに飛びかかってきた。

「おやめなさいな」

楽屋の入口でさけんだ奴がいる。ふりかえると、さっきの主役をつとめていた鶴若だ。

「もう、次の幕が開きます。大声で喧嘩《けんか》してると、客席に筒抜けの恥さらしになりますよ」

いわれて福右衛門が腰をおろした。大きな目を剝《む》いておれを睨んでいる。

「そっちから詫びを入れねぇのなら、帰《けえ》れ帰れ」

「いや、おめぇが詫びるまで帰るもんか」

「なんだとッ」

にらみ合いになったところへ、鶴若が割ってはいった。

「役者は楽屋でどうしたって気が立ちます。ここじゃあ、まともな話なんぞはできやしませんから、またの折りにあらためていただけませんか」

冷静にそういわれると、たかぶっていた自分がおろかしい。どのみち、福右衛門とはどこでだってまともな話なんぞできそうにない。

「奉行所に訴えるから、そのつもりでいやがれ」

「けっ、お白州の砂をつかんで泣きっ面になるのはてめぇさ。先にお奉行様に謝っとくがいいぜ」

二度三度、罵倒しあったが、それも馬鹿らしくなって引き上げた。


月番の南町奉行所への手引きは、目明かしの仁介にたのんだ。訴訟もしたいが、まずは検死した同心に会って、どんなようすで死んでいたのかくわしく聞きたい。

柳橋《やなぎばし》の堀につないだ屋形船にやってきた同心は、三十俵二人扶持《ににんぶち》の貧乏御家人のくせになんとも横柄で嫌味な匂《にお》いがただよっている。

あとについてはいってきた仁介が障子を閉めると、船が水面をすべりだした。船頭には大川にでるようにいってある。

「蔵前大口屋の文七でございます」

両手を突いてていねいに頭をさげた。同心は、ああ、とうなずいただけだ。禄の低い御家人が横柄さをふりまくのには慣れている。

「同心の佐藤彦左衛門《さとうひこざえもん》様です」

仁介がわきから紹介してくれた。

「なにとぞよろしくお願いいたします」

もう一度頭をさげた。佐藤は目を細めて、おれからいくらふんだくれるか値踏みしているような顔つきだ。

もちろん小判を用意しておいた。

「これはご挨拶までに」

紫縮緬《むらさきちりめん》の袱紗《ふくさ》に包んだ小判を、畳にすべらせてさしだした。いくらにしようか思案して百両の包金をいれておいた。形と高さで、すぐにそうだとわかるはずだ。

櫓《ろ》と水音のなかに、佐藤がごくりと唾《つば》をのみこむ音が聞こえた。行灯《あんどん》の光で喉がうごくのが見えた。すぐには手を出さない。

仁介が隅の棚から、膳をもちだした。

「よろしかったらお納めください」

袱紗があると膳を置けない。口もとをゆがめ、佐藤が袱紗をつかんで懐にしまった。

「まずはお湿しに」

　底のひろい船徳利を手に持つと、佐藤が盃を手にした。

　ちびりと舐《な》めて、味をみている。極上の酒を吟味しておいた。膳には海鼠腸《このわた》やら塩雲丹《しおうに》やら、酒好きな佐藤が好む肴《さかな》をならべておいた。

「ご承知いただいておりましょうが、せんだって池之端の茶屋で、役者の極楽屋夢之丞と相対死《あいたいじに》したのは、わたしの女房なんです。そのときのご検分のようすをおしえていただきたく存じます」

　その依頼は仁介がすでにしてくれている。百両も渡したのは、その額なら、佐藤がなにかのつごうで嘘をついたとしても顔にあらわれるからだ。大金をにぎらされると、人間はどうしたって顔が正直になる。

　盃をほしたので、もう一献ついだ。唇をなめてから佐藤が話しだした。

「ずいぶん凄惨《せいさん》な死に方だったよ。畳はあちこち血だらけでな。ありゃ、どう見たって無理心中だ。まちがいねぇさ」

　佐藤が淡々といって、また盃をほした。酒をついでやった。

「どちらが無理を押したんでしょうか」

「そりゃ、あんたの内儀《かみ》さんだな。重なって死んでたが、あんたの内儀さんが上だった。まず、あんたの内儀さんが、不意をついて夢之丞の喉を掻き切り、二人で揉み合って転がった。その傷から出血して虫の息になった夢之丞に匕首をにぎらせて、その上に覆い被《かぶ》さって自分の喉をなんども切ったんだな。そうとしか見えない死にざまだよ」

見立ては出逢茶屋の主人と同じである。ぴったり同じなのは、検死のときに二人でそんなふうに話し合ったからか。

「わたしには、どうしても女房《あいつ》がそんなことをするとはおもえないんです。夢之丞って役者は、ずいぶんと遊びが派手で、しかも素人女が好きだという評判ですね」

「そうらしいな。だからこそ、あんたの内儀さんが嫉妬に狂ったんだろうさ。ほかの女に渡したくなくて殺しちまったんだろ。そんな話は月になんどもあるよ」

酒を飲んで、箸《はし》で海鼠腸をつまんで口にいれた。船宿に絶品の海鼠腸を用意させておいた。佐藤が口をすぼめて目を細めた。

「検分なさったのは、朝ですか」

「そうだ。蓬萊の吉右衛門は座敷をそのままにしていた。畳の血の染み込みかたなんぞを見ると、前の晩にやったことはまちがいない」

「いまのお見立ては、蓬萊の主人吉右衛門と同じでございますね」

「ああ、だれが見たってそうとしか推量できねぇな」

話を聞きながら、ずっと佐藤の顔のうごきを見ていた。ひょっとしたら、福右衛門が先手を打って、すでに買収して嘘をつかせているかもしれない。

どんな小さなきざしも見逃すまいと目玉を大きく開いて見つめていたが、顔のこわばりや仕種にも不自然なところはない。嘘をつくとき、人はそわそわして目が泳いだり、手で口元をぬぐったりするものだと大口屋の大旦那からおそわった。

蓬莱の座敷のようすをさらに詳細にたずねた。大枚百両をわたしたので、佐藤はめんどうがらずにひとつずつ答えてくれた。不審なところは感じられない。

「わたしはどうにもうちの女房が殺されたとしかおもえませんので、訴状をしたため、福右衛門を相手どって公事をおこしたいと存じます。いかがなものでしょうか」

佐藤が舌をひとつ鳴らして首をふった。

「公事をしてなにを訴える。仮に殺されたのだとしても、下手人の夢之丞はすでに死んでいる。無理心中でも相対死には違いないゆえ、どちらも死骸は取り捨てで、訴訟なんぞにはとてもならんよ。親の責も問えぬしな」

「では、仮に、福右衛門がこちらを訴えたとしても……」

「同じことだな。奉行所はそんな死に方に関《かか》わっていられるほど暇じゃない。どうしたってお取り上げにはならないな」

それ以上、たずねたいことはなかった。

「ありがとうございました。たいへんよくわかりました」

礼をいって、船を柳橋にもどさせた。

それから、目明かしの仁介をつかって、夢之丞と福右衛門のことを調べさせた。何日もかけてあちこち聞き回ってくれたが、肝心なことがはっきりしない。

「夢之丞が素人女と遊んでたってのは、何年も前からの悪癖で、芝居仲間はみんな知ってますね。場所はたいていあの蓬莱で、三十路の金持ちの内儀さんばかりが相手ってのも、みんなが口にします。ただ、それはほかの役者連中や芝居小屋で聞きこんだ話です。極楽屋の家の者は、弟子の端くれでも、そんなことがあるわけないって突っ張ります。じっさいに夢之丞と遊んだっていう女には、まだ会っていませんから、どこまで本当なのかさっぱりわかりゃしません」

仮にそんな女がいたとしても、知らないと答えるに決まっている。

だが、出逢茶屋蓬莱の主人吉右衛門のようすからすれば、夢之丞があそこを根城にして遊んでいたことは間違いなかろう。

「だれかが取り仕切ってたはずだな。女が大勢いたのなら、日にちと時刻を知らせる役がいなけりゃなるまい。金もそいつが受け取ってたんだろう」

噂がほんとうなら、そんな口入れ役がいなければ、とても大勢の女を手玉にとって遊ぶことはできまい。人気のある役者が直接金を受け取るというのもさもしい話だ。

「その役どころは、たぶん夢之丞の付き人ですが、密葬が終わってから、辞めちまったそうです」

「辞めた……」

「もともとは役者になりたくて付き人をやってたんですが、まるで芽が出ないんで、本人もあきらめたらしいですね」

「歳《とし》は、いくつだ」

「三十過ぎだっていってました」

「名前は……」

「勘五郎《かんごろう》です。付き人のときは、福右衛門と夢之丞の家に住み込んでましたが、いまはどこにいるやらわかりません。生まれは本所《ほんじょ》だそうです」

売れない役者ひとりをこの大江戸で探し出すのはたしかに難しかろう。

「旦那、あちこちで聞き回っておもったんですが……」

「なんだい」

「もうしわけねぇが、この相対死は、内儀さんの恋心が般若になって、無間《むけん》地獄に堕《お》ちたんだって気がしますね。内儀さん、嫉妬に狂ってあんな……」

おれが睨みつけると、仁介が黙った。

「すみません。なんだか、そんな気がしちまって」

「おれは、みつを信じてるよ」

あんなにせつない顔して寝床でおれにすがりついてたみつが、ほかの男にもあんな顔をしてすがりつくなんて金輪際おもえない。おもいたくないだけなのかもしれないが、どうしたっておもえないのもたしかなことだ。

仁介がこくりと頭をさげた。

「わかりました。たしかに、内儀さん、しおらしい方でしたね。あっしも、もうすこし別なほうからさぐってみます」

また小判を何枚かわたして、あれこれ調べてもらうようにたのんだ。

それから、しばらく奥の座敷で寝ころがって天井を睨んでいた。目の端にどうしても仏壇がはいる。

——わたしは、無理に殺されたんです。

みつの声が聴こえた。

起き上がって、仏壇にむかってすわった。仏壇の前の経机に、錦に包んだ骨壺が置いてある。そこから声が聴こえる。

——わたしが役者と浮気なんかするはずないでしょ。信じてくれてますよね。

おれは、なんどもうなずいた。

——そうだよな。そうだよな。

おれは羽織を着て、町会所《まちかいしょ》にいった。やはり公事を起こそうとおもいついたのだ。町役人にそう話した。

「いったい何を訴えるんですか」

初老の町役人は、札差ばかりを相手にしているから、物腰がていねいだ。

「相対死ではなく殺されたんだ。人殺しだと訴えてくれ」

町役人は一通りの事情を心得ていた。奉行所の届けのことも知っていた。仁介が話したのだろう。

「無理ですよ。だいいち相手が死んでいるのだからお取り上げにはなりませんよ。仮に訴状をしたためたところで、訴えるには名主《なぬし》と町内の五人組がつきそわねばならないんですよ」

そんな話は聞いたことがある。

「おれからみんなに頭を下げて頼むさ」

礼金もはずまなければなるまい。

「おたくの嫁さんの浮気の後始末に、大の男が六人、仕事を休んで付き合わされるんですよ。それでもやりますか」

「浮気じゃねぇんだ。うちのは殺されたんだよ」

「だけどね、出逢茶屋にふたりでいたんじゃ、言い訳がききません」

「騙されてか、無理にか、連れていかれたんだよ」

町役人は黙っておれを見つめ返した。

たしかに、公事で訴えるにはどうにも弱い立場だ。

「その証になる書き付けとか、証人でもいればいいんですがね。無理に連れていかれたとしたら、やったのは、やくざ者ですかね」

「そうさな……。そうだろ」

そんなことだったかもしれないではないか。

「だったら、そいつの目星だけでもつけてください。奉行所だって、怪しいとなれば、ちゃんとうごいてくれますよ」

諭すようにいわれてかえって気落ちした。


会所の帰りに、坂倉屋を訪ねた。客が大勢いて活気のある店が、自分には遠い世界におもえた。帳場にいた平十郎がおれに目配せした。丁稚に奥の座敷に通された。

おとくがいた。平十郎もすぐにきてくれた。

「どうした。よわっちまった風だな」

「ああ。浮気なんぞしていたとはおもいたくないんだが、無理に連れていかれて殺されたんだと証を立てようにも、証どころか、やった野郎の目星さえつかない。まったくどん詰まりだ」

話していると、涙が出てきた。幼なじみだけに、気がゆるせるせいか。

「わたしがなにか知ってればいいんですけどね、ほんとに、お寺でお話ししたきりしか知らなくて……」

「ひょっとしたら札差連中の女房で、夢之丞と遊んでたのがほかにもいるかもしれねぇな。さぐってみるかい」

「どうやってさぐるね」

「仁介にやらせりゃ、うまく調べるだろ」

仁介は夢之丞と遊んだ女を探しているが、まだ行き当たらないといっていた。

「正直に話す女はいないだろう」

おれと平十郎が腕組みして黙りこんだので、おとくが茶をいれてくれた。

「なにしろ二人っきりで出逢茶屋にいたっていうところが難点だな。無理につれてかれたのを見てた奴でもいりゃぁいいんだが」

そこが問題だ。蓬萊の主人と女将、仲居たちの話じゃ、無理につれていかれたなんていうこともなさそうだった。やはり、みつが望んで茶屋にあがったのか。

こころが川の底の藻みたいにゆらゆら揺れている。

日がたつうちに、どうにも、こころの踏張りがきかなくなってきた。みつに裏切られていたとかんがえるのが自然におもえてきた。みつを信じたいのだが、そっちのほうに無理がありそうだ。すくなくとも、証が立てられない。

何日か店の奥座敷で寝ころがって過ごした。商いは番頭がやってくれている。世の中が遠くにあるような気がしている。

どうにもこころがそぞろにさわいで、池之端の蓬莱をまた訪ねた。

暖簾がさがっている。客をいれているのだ。

「ごめんよ」

声をかけると、このあいだの仲居がでてきた。

「二階の奥の座敷は空いているかい」

「……は、はい。お待ちください」

奥に引っ込んだのでしばらく待っていると、主人の吉右衛門があらわれた。

「どうしたんだい。まだなにか不審なところがあるのかね」

おれは首をふった。

「いや、女房がどんな気もちでいたのか、すこしでも知りたいとおもってね。あの部屋が空いてるなら、ちょっと昼寝でもしたいんだ」

吉右衛門がうなずいた。

「空いてるよ。お連れさんはくるかね」

おれは黙って首をふった。

「料理と酒はどうするね」

「見つくろってたのむ。しばらく寝ころがってるから」

仲居の案内で二階の座敷にはいった。むこうの部屋に布団が一組だけ敷いてある。枕が二つならんでいる。

襖を閉めて、みつが死んでいたという座敷にすわった。新しい畳が薫っている。ここで重なって死んでいたというのだ。やはり、自分で望んで死んだのか。夢之丞を独り占めしたくて殺したのか。狂おしいほどにさまざまな思いが駆けめぐる。

ごろりと寝ころがって天井を見た。

――おめぇ、なんだってこんなところにきたんだい。

風で障子が鳴った。

――おれじゃ、不足だったのかね。

また、障子がかたかた鳴った。

膳と酒がきたので、二、三杯飲んで壁にもたれていた。いろんなことが頭をかけめぐった。どうにも苦しくなるばかりだ。もうすこし酒を飲んで、ごろりと横になった。そのまうとうと寝てしまった。

声で目がさめた。

ほかの座敷の女のよがり声だ。男に甘えてすすり泣くように喘《あえ》いでいる。悶《もだ》えている顔がうかんでくる。

身の毛がよだって立ち上がった。みつも、ここで夢之丞に抱かれ、よがって喘いだのか。すがりついて気をやったのか。

立ち上がって障子をあけると、池のむこうに上野の山の葉桜が見えた。吹き込んできた風が暖かく薫っている。

「おみつ……。おれを裏切ったのか」

口にしてつぶやくと、涙が止まらなくなった。

第四章　棄捐令

四十九日が明けてひさしぶりに来てくれた文七さんに抱かれて、わっちは骨の髄まで蕩《とろ》けてしまった。

からだの相性がかくだんによいお方なのか。それが惚《ほ》れたということなのか。わっちはもうほかの殿方にはさわられたくない。いくらまじないをかけたって、空っぽにはなれやしない。

つぎの朝、文七さんはわっちをつれて階下のご内所にいった。松葉屋楼主の半右衛門の旦那《だんな》が煙管《キセル》で一服している。

「瀬川を身請けしたいんだ」

文七さんがいうと、旦那がいやらしいあばた顔でにんまり笑った。

「おいでなさいましたね。そうくるだろうと踏んでやしたよ」

「女房の四十九日が終わって、骨を墓に納めてきた。けじめはついたんだ」

「へっへっ。こちとらいつだってかまいませんよ」

「手早くいきたい。千両で身請けさせてくれ。べつに五百両祝儀をだそうじゃねぇか」

わっちひとりに千五百両というのだからおどろいた。この身にそんな値打ちがあるとはおもえない。

「へぇ……」

半右衛門の旦那は煙管にあたらしい煙草《タバコ》をつめはじめた。どうやら不満らしい。

「なんでぇ、不足だってぇのか」

火を点《つ》けて、自分で吹きだした煙をながめている。

「姫路の榊原《さかきばら》の殿様は、三浦屋の高尾太夫《だゆう》を二千五百両で身請けして、祝儀に三千両をはずんだって話がのこっておりやす。十五万石のちんけなお大名でそれだけするんですからね、御公儀御蔵前の札差《ふださし》旦那ならさぞや……って、たのしみにお待ちしておりましたよ」

「欲の深《ふけ》え野郎だ」

「欲はかける相手にかけるってのが、親の遺言でしてね」

「よし。身請けに二千両出そう。それでいいだろ」

「もうひと声ほしいところでやんすな」

文七さんの顔がこわばった。

「調子に乗りすぎちゃいけねぇぜ」

半右衛門の旦那はさすがに、仁も義も礼もなにもかも忘れはてた忘八《ぼうはち》だけあって、底無しにがめつくて腹がねっとりどす黒い。

「無理にとはもうしません。うちは瀬川がいてくれれば、それ以上に稼げやすから」

「あきれた業突く張りのこんこんちきだ。話にならねぇ」

立ち上がった文七さんがご内所を出るまえにふり返った。

「居続けにしてもらうぜ」

「そいつは困りましたね。なにしろ瀬川花魁《おいらん》は人気のお職《しょく》でね。きょうの昼も夜も、お客がお待ちかねなんですよ。それをお断りするとなりゃ、病で臥《ふ》せっておりましてって、見え透いた方便もつかわなきゃなりません」

ふん、と鼻を鳴らした文七さんが、懐から財布をとりだした。手を入れてなかの小判をさぐっていたが、忘八旦那を睨《にら》みつけると財布ごと渡した。忘八旦那が両手で受け取り、重さをはかっている。

「ようがす。存分におたのしみください」

二階の部屋にもどると、文七さんはすぐにわっちの着物を脱がせて抱きしめた。素肌をかさねると、それだけで気持ちがいい。

「だれにもわたさないぜ」

そのことばが耳から脳天にとどくと、わっちはまた骨も身も蕩けてしまった。

三晩居続けた文七さんが帰ったら、地獄がはじまった。

文七さん以外の男と同衾《どうきん》するのが気色わるくておぞけがたつ。まじないをかけた。わっちがかんがえた新しいまじないだ。

――なめくじが這《は》ってるだけさ。気色わるいけど、がまんしてれば、朝には消えていなくなる。朝には消えていなくなる。

男たちの手を大きななめくじだとおもうことにした。もぞもぞと這いまわっているだけで、喰《く》い殺されるわけじゃない。痒《かゆ》くなるわけでも、かぶれるわけでもない。じっとこらえていればそのうち消えていなくなる。

客のなかにはかんちがいする男がいる。

「そのこらえている顔がたまらねぇ。そんなにいいのかい」

よくてこらえているんじゃありぃせん。いやでこらえているのです――。よっぽどいってやりたかったが、目を細め、唇を噛《か》んでうなずいたら、もっとかんちがいして口を吸われた。ほんもののなめくじが口のなかにはいってきたようで悲しくなった。わっちはなんて哀れな女なのか。

朝、泊まりの客を見送ってからもうひと眠りしたあとで、風呂場にいくと濃紫姉さんがいた。

姉さんの白くてきれいな背中を糠袋《ぬかぶくろ》でこすってあげた。女のわっちから見ても、はだかになった姉さんの肌は惚《ほ》れ惚《ぼ》れするほどしっとりして肌理《きめ》がこまやかだ。乳もかたちがよく、ついさわりたくなる。

「ゆうべの客は、町年寄《まちどしより》だったよ」

「町年寄って……」

肩から二の腕を磨いてあげながらたずねた。背中の貝殻骨がうっとりするくらい綺《き》麗《れい》だ。

「町役人の元締のことをそういうんだってさ。八百八町の元締で、奈良屋《ならや》と樽屋《たるや》と喜多村《きたむら》と、江戸に三人だけいるそうさ。ゆうべのはそのうちの樽屋の旦那だったよ」

いわれてもよくわからない。

「ほら、札差の旦那方がずっと騒いでたじゃないか、ほんとうになったら大変だって。お上の御用でたいへんだとかなんとか威張っているからね、それとなくたずねてみたよ、徳政令のこと」

それは文七さんが去年からずっと気にしている三文字だ。町役人の元締も、関係があるのだろうか。

「なにかわかったんですか」

「その徳政令ってのを、お上はほんとうにやるらしいよ。そのために樽屋が相談を受けてるんだってさ」

「お侍が町人に相談するんですか」

「そうさ。お武家は町人の事情がくみとれないからね。札差がなにをかんがえているのか、おれがお奉行におしえているんだって自慢そうにいってたよ」

濃紫姉さんのいうことならまちがいない。文七さんが来たら、まっさきにおしえてあげよう。

湯であたたまったら、こんどは姉さんがわっちの背中をこすってくれた。

「あんたの肌は玉のようだね。これじゃぁ男が溺《おぼ》れるはずさ。この乳の張りのあること」

いいながら、姉さんがわっちのお乳をくすぐった。もしもこの世が女だけの国なら、わっちはきっと濃紫姉さんに恋するだろう。

這いまわっていたなめくじの気色わるさをさっぱり忘れたくて、ひさしぶりに髪をほどいて洗った。湯からあがって縁側に立つと、初夏の風がここちよく吹きすぎた。

髪を拭《ふ》いていると、若い衆がきて、忘八旦那がご内所で呼んでいるといった。このあいだの身請けのことかとおもって浴衣のままいくと、色が白くてあごに肉のあまった男がすわっていた。黒い羽織をきちんと着ている。

「こちら、町年寄の樽屋の旦那だ。おめぇらは知りもしまいが、町年寄ってのは、幕府にお仕えするたいそうなお役だ。名代の瀬川九代目の顔を見ておきたいとおっしゃってな。存分にご覧いただけ」

「風呂あがりの素のままの瀬川でありぃす。どうぞ、ご覧くだしゃんせ」

両手をついてお辞儀をしてから、ゆっくり顔を上げた。またなめくじ野郎がやってきたとおもったら、肌がぞわぞわと気色わるくなった。

「じつは大事なお客様があってな、だれを敵娼《あいかた》にしようか迷っていたのだ」

樽屋の旦那が、なめくじみたいな目でわっちをなめまわした。

「わっちでよろしければ、一生懸命つとめさせていただきますわいな」

樽屋の旦那がしげしげとわっちを見ている。見られるだけで鳥肌がたった。

「いい娘だ。おまえなら、まずお悦《よろこ》びいただけるだろう」

「では、日が決まりましたら、念入りにしたくさせてお迎えさせましょう」

「たのむぞ。……その前に、わしが味見できるか」

「へい。そりゃ、もちろん。ただ、今日、明日はもう……。なにしろ人気のお職でして」

「なに、いまからすぐでいい。二階に上げてもらおう」

「それじゃあ濃紫姉さんに義理がたちぃせん……」

この樽屋なめくじは、濃紫姉さんの客のくせに、へんなことをいいだした。

「かまわねぇさ。ちょいと味見だけだとおっしゃってる」

忘八旦那がわっちにいってから、承知いたしやした、と樽屋なめくじに頭を下げた。

なんだか悔しくて、わっちはわっちのことがもっと気の毒になった。

「したくしてくれ」

「はい」

きちんとすわって指をつき、樽屋の旦那に頭をさげた。

「ただいますぐに着替えて髪を結いますので、しばらくお待ちくだしゃんせ」

床山に髪を結ってもらってから化粧するには時間がかかる。たっぷり待たせてあげます る。

「いや、その素のままがいい。そのままでいてくれ」

浴衣を着たまま二階にあがると、樽屋なめくじがそのままついてきた。座敷にはいって障子を閉めると、すぐに抱きつかれた。暑いのか、汗かきなのか、大汗をかいている。口を吸われ、首筋をなめられ、浴衣をはだけて肩をなめられ、濃紫姉さんがさわってくれてせっかく気持ちよかった乳首まで、ぬらぬらのなめくじが遠慮なしに這いまわった。

樽屋なめくじがそそくさと着物を脱いで褌《ふんどし》まではずした。

小さな魔羅が硬くおやっている。一生懸命おやっているのが可愛《かわい》らしくて笑みがもれた。勝ったとおもったら、こころが楽になった。

わっちの腰ひもを解いて前をぜんぶはだけさせると、樽屋なめくじが腿《もも》を撫《な》でさすった。脚をわって正面にのしかかってきた。

魔羅がはいってきた。

「いいか、いいか」

「あい。とぉってもようおざりぃす」

「そうだろ。女はみんなよろこぶぞ」

そりゃそうさ。吉原《さと》の女なら、小さな魔羅はしごとが楽でよろこぶにきまっている。

「ほれ、ほれ、ほれ、ほれ……」

臭い息を吐きながら腰をうごかすので、よがってみせた。

「あれ……、ぬし様。とぉってもようおざりぃす」

耳もとでささやいて、手をのばして玉をくすぐってやると、ほどなく精を放ってぐったりのしかかられた。

よく見たら、わっちにのしかかっているのは、汗のぬらついた大きななめくじの化け物だった。


何日かたった宵の口に、また忘八旦那に呼ばれた。

「今夜のはとくべつ大事なお客だ。お奉行さまゆえにな、こころしてはげめよ」

ゆるゆると行列して引手茶屋に迎えにいくと、お忍びの着流し姿の殿様みたいなお武家が上座にすわっている。吉原では、上座は花魁の席だけれど、殿様ならゆずるしかない。強そうな家来のお武家も着流しで、このあいだの樽屋なめくじと町方の旦那たちがいっしょだ。芸者衆が派手な踊りを見せて、にぎやかな酒の席になった。

初会馴染《しょかいなじ》みだというので、そのまま松葉屋にもどって二階に上がった。

向かい合ってすわり、あらためて挨拶《あいさつ》した。

「お奉行さまは初めてでおざりぃす。もっと恐いお方とおもうておりぃした」

「さようか。奉行でも、時と場はこころえておる。ここで恐い顔をしても、おなごにはもてまいて」

「あら、お奉行さまでも、おなごに惚れられとうおざりぃすか」

「男子と生まれて、おなごに惚れられとうない者はおるまい」

「お奉行さまのような勇ましいお方なら、惚れるおなごが仰山おりましょう」

「うまいこというて男をころがしおるのう」

なめくじの化け物でも、そいつが小判をはこんでくるとおもえば話もできる。お世辞だっていえる。抱きつかれると気色がわるいが、必死にこらえてがまんする。

お奉行なめくじが、羽織を脱いだので手伝った。着物を脱いで襦袢《ジュバン》になったなめくじは、分厚い三枚重ねの布団にごろりと横になった。

「いや、酔ったわい」

早く寝たい言い訳みたいだ。わっちは仕掛けだけ脱いで、布団に横座りした。

「なんのお奉行さまでありぃすか」

「勘定奉行だ。銭勘定がしごとだよ」

全身がぴくっと反応した。こいつは大物のなめくじだ。

「お城の蔵の小判の番などなさっておざりぃすか」

「はは、そんなところさ」

わっちはおもいきって、襦袢の裾《すそ》から手をしのびこませた。褌のなかをさぐると、もう魔羅をおやかしている。魔羅をさわらず、指先で玉をくすぐった。

「ほほ、これはよいのう」

「ふふふ。こちらの金はお奉行様も勘定なさいませぬか」

たっぷりくすぐってから、魔羅をそっと撫でると、お奉行なめくじが目を閉じた。よほど気持ちがよいはずだ。

「こちらにまいれ」

もう入れたくなったらしい。

「……はい」

からだを寄せると、なめくじの手がわっちの裾をわってはいってきた。さっき、襖《ふすま》のかげで陰門にとろとろの布海苔《ふのり》を塗っておいた。そこをさわった指がやたらとしつこくこねまわす。

馴染みにならなければ、帯を解かぬのが吉原のやくそくだけれど、わっちは帯を解いて肌をさらした。なめくじが夢中になってのしかかってきて魔羅をいれた。つづけて玉をくすぐると、なめくじが喘《あえ》ぎ声をあげた。わっちの声よりよほど艶《いろ》っぽい。

「おお、たまらん……」

そのまま果ててしまったので、しばらく背中を撫でてやった。化け物なめくじは、気をやって精を放てば溶けてしまう。

小半刻（約三十分）もうたたねして、目がさめた。お奉行なめくじも起きたらしい。

「喉《のど》が渇いたのう」

人間みたいなことをいうので、茶碗《ちゃわん》に湯冷ましをついで口移しにのませた。そのまま添い寝して手をのばし、また玉をまさぐった。指先でそっとくすぐると、とても悦んだ。

「極楽じゃのう」

「偉いお奉行さまなら、お城でも毎日極楽でおざりぃしょうに」

「なんの。役職につけば、それだけ気苦労もあるのが宮仕えじゃ」

「泰然自若とされて、ご苦労なんぞなさそうに見えますのに」

「いやいや、これでなかなか楽でない」

「家来はみんないうことを聞くでおざりぃしょうに」

「わしらが相手をするのは、家来ばかりではないぞ。御しがたくやっかいな連中もおる」

「どんな方でおざりぃすかしら」

玉をくすぐる指先を、とくべつやさしくうごかした。

「ほっほっ。いちばんやっかいなのは札差連中だ。ここにも遊びに来るのではないか」

「来ますとも。いやな男ばっかり。わっちはお武家さまが好き」

いいながら、掌《てのひら》で玉をやさしくころがした。

「ほっほっほっ。……からだが蕩けるようじゃ」

塩撒《ま》いてやるよ。間抜けな大なめくじの化け物は、ほんとに溶けちまいな——。こころでそうおもったけれど、手はやさしくうごかしつづけた。

「札差なんて、お金があるとおもって威張ってばかり。いやみで横柄でいけすかない奴ばかりでおざりぃす」

「さもあろう。金があるだけで、そのじつ愚昧《ぐまい》で不届きな連中だ。だがな、いまに泣きっ面をかくぞ。たのしみに見ているがいいさ」

「札差をいじめてくだしゃんすか。それは愉快でおざりぃす」

「ああ、この秋には、連中はみんな一文なしだ」

「そうしてくだされば、札差はもう威張れなくなりぃす」

わっちは魔羅を手でつつんで、とくべつやさしくそっと撫でまわした。

「いや、これはまさに極楽じゃ」

「ふふ。お奉行さまのはご立派でおざりぃすから、ついさわりたくなるざんす」

ふっと手をとめた。

「なぜやめる。……やめんでくれ」

「あい。でも、どうすれば、悪辣《あくらつ》な札差連中を無一文にできるんざんしょ。悪賢い奴らですから、あちこちにお金を隠しておりましょう」

いいながら、すこしだけ指をうごかした。

「徳政令を発布すればよいのだ。そうすれば、借金はみな棒引きになる。証文が紙切れになるのだ。金貸しが商売の札差は、財産をすべて失うことになる」

「証文が紙切れというのはよい思案。それなら札差はぐうの音もでますまい」

やさしくしたり、強くにぎったり、じらしたり、わっちはさんざんお奉行なめくじをいじって、いろんな話を聞きだした。


何日かして、文七さんが来たので、勘定奉行から聞いた話をぜんぶおしえた。

「勘定奉行は四人いるんだ。どいつか名前がわかるか」

それは若い衆から聞いておぼえておいた。

「久世《くぜ》様でありぃす」

「そうか久世広民《ひろたみ》だな。樽屋与左衛門《よざえもん》が久世をつれてきたか……。なるほどそれでやっと見えてきたぞ」

「お役にたちぃしたか」

「ああ。でかしやがった」

文七さんがよろこんで抱きしめてくれたので、わっちもうれしくてたまらなくなった。

「勘定所の小役人たちをさんざん接待したが、ちっとも話が見えなかった。いや、それで読めてきた。点がつながって筋が見えてきた」

「文七さんの役に立てたのなら、わっちもうれしゅうおす」

「もしもまた来たらもっと聞きだしてくれ。たのむ」

「あい。おまかせなんしょ」

こっくりうなずくと、もっと強く抱きしめてくれた。なめくじではなく、文七さんに抱きしめられると、わっちが蕩けて消えてしまう。

お奉行なめくじは、しばらくしてまたやってきた。

樽屋なめくじもやってきた。

玉をくすぐって可愛がってやると、二匹のなめくじはよろこんでいくらでも話した。


大口屋の大旦那からもらった文箱《ふばこ》のなかに、坂倉屋平十郎の借り証文がある。

――金一千八百両也。

その金額と坂倉屋平十郎の名前が自書してあって黒印が押してある。文言はおれが大旦那に書いたのと同じだ。

その証文を確かめ、畳み直して懐にいれると、おれはとなりの町内の坂倉屋に出向いた。いつの間にか日がながれ、もう七月になっている。

今朝までいた吉原では、花菖蒲《はなしょうぶ》が抜かれて堀が埋められ、色とりどりの短冊や切紙でかざりつけた七夕の笹《ささ》がたくさんならんでいた。

帳場に平十郎がいたので、ちょっと商売の話がしたいと丁稚《でっち》に告げさせた。店の奥の四畳半に通された。すぐにやってきた平十郎が襖《ふすま》を閉めてすわったところで、懐から証文を取り出してひろげた。

「この貸し金、半額にするから、いま返してもらえないか」

「小判でか」

「そう願いたい」

九百両くらいの小判ならいつだって用意のないはずがない。その線をねらって切り出した額だ。

平十郎がじっとおれを見すえた。

「徳政令がでるのか」

「ああ、まちがいねぇところだ」

「どこの筋からさぐった」

「勘定奉行久世広民さ」

「久世か……」

四人の勘定奉行のなかでも、いちばんの実力者だと目されている男だ。

「へっ、吉原の松葉屋じゃ、お奉行なめくじって呼ばれてるぜ。樽屋なめくじにつれてこられて、いりびたっちまったのさ。小役人連中から聞きだしていた話と、いちいち符合するんだ。老中の松平定信様の肝煎《きもいり》でしきりと評定《ひょうじょう》がひらかれているんだとよ。まちがいなかろう」

松平定信公は白河藩主の老中首座で、盛んに改革を進めている。財政をひきしめ、大奥を簡素化させ、贅沢《ぜいたく》品や男女混浴、妓楼《ぎろう》の新設を禁じたものだから、そのうち閨《ねや》でも正面からの本手取りしか許されなくなると悪口をいわれている。

「ほかの札差には話したか」

平十郎が腕をくんだ。

「まだだ。とにかくおめぇに教えなきゃしょうがなかろう」

「恩に着るよ。いつまで隠しておけるかね」

「そこだ。できれば秘したまま貸し金を回収したい。勘定奉行としては、どうやら冬の大《おお》切米《きりまい》の前にやっちまいたいようだ」

「なるほど。てえと、……九月か」

札差の仕事の根っこは、幕府の旗本、御家人が受け取る蔵米の受け取り代行にある。

浅草の大川沿いには、一番から八番までの船入堀が櫛《くし》の歯のようにならんでいて、そこに五十四棟の巨大な米蔵が建ち並んでいる。蔵には四十万石から五十万石もの米がつねにたくわえられている。

まだ札差という商売ができるまえは、春二月、夏五月、そして冬十月の年に三度の支給日に、武家の家来が蔵で米俵を受け取った。春と夏は四分の一ずつの借米。冬にのこりの半分わたすので大切米という。どの日も、武士や人足、米を買い付ける問屋や仲買人が群がり、馬や荷車、船までひしめき合って、たいへんな混雑ぶりで、とても時間がかかったらしい。

札差は、武家に代わって蔵の米を受け取る仕事からはじまった。組番、姓名、米の俵数を記した切米手形を竹串《たけぐし》にはさんで蔵の入口にすえてある大きな藁苞《わらづと》に差したところから、その名で呼ばれるようになった。

最初はその手間賃が商売だったが、元禄《げんろく》のころから、札差に金を借りる武家がでてきた。受け取るはずの切米を担保にすれば、札差に損はない。しだいにそっちが本業になって、たくさん利が得られるようになった。

札差株仲間ができ、商売ができるのが百九軒にかぎられてからは、競争相手もへってかくだんに儲かるようになった。幕府が株仲間の数をかぎったのは、一年の米で二重、三重に金を借りる武家が多く、金の貸し借りの訴訟があまりに膨大になり、奉行所で手に負えなくなったからだ。

　そのおかげで、目端のきいた札差は一軒で数万両の金を武家に貸し付け、とほうもない利益を上げることができた。

　しかし、どうやら儲けすぎたことに、幕府が目くじらをたてはじめた。徳政令をだすなら、濡《ぬ》れ手に粟《あわ》の儲けは、もうこれ切りにしろということだ。

「日が探れたら、教えるさ。札差仲間からはできるだけその前に回収しておきたいが、おれがでむけば、知れちまうのはしかたがねぇ」

　徳政令がでるまえに、旗本や御家人の屋敷をまわっても、つぎの大切米がでなければ金なんぞないから回収はできない。いや、その大切米だって、すでに借金の抵当になっている連中がほとんどだ。できれば武家の証文はほかの札差に転売したいが、徳政令の噂《うわさ》がながれているからだれも手をだすまい。札差ではない金貸しに売るのも簡単ではなかろう。

「それにしても、徳政令とはおもいきったことをやってくれるぜ」

「なんでも、名前は棄捐令《きえんれい》とかつけるらしい。棄捐ってのは、捨てっちまうことだとさ」

　徳政令が棄捐令に名前を変えても、やることの本質は同じである。借金帳消しだ。

「証文ぜんぶ反古《ほご》にするつもりなのか」

「六年より前の貸し金は、すっかり棒引きだとよ」

札差が金を貸すときは、たいてい年に一割八分の利息をとる。六年より前の貸し金なら、もう利息で元金が返っているとの計算だろう。じっさいは、利息さえはらわず塩漬けになっている債権が多いのだ、そんなことは考慮されないだろう。

「それよりあとのは、六分の低利で分割返済させるんだと」

「まったくまいったな。おめぇとこは、いくら消える」

「まだ算盤《そろばん》を立ててないが、ざっくりはじいて二万両はあるだろう」

「ああ、うちはそれ以上ありそうだ」

ひとくさり棄捐令の話をしたあとで、平十郎が切りだしてくれた。

「その証文、九百両ですませてくれるなら、棄捐令のこと先におしえてくれた礼に手を打ちたいが、おまえさん、その金、どうするつもりだ。壺《つぼ》にいれて埋めておくかい」

証文が紙屑《かみくず》になれば、なんといっても現金が頼りだ。それをどうやってしまっておくか、あるいはなにかに投資するかは、これからの大きな問題だ。

「じつは吉原の大門を閉めさせたいんだ。三千両ありゃ、できるだろ」

おれがいうと、平十郎があきれ顔になった。吉原を貸し切りにして大門を閉じたのは、紀伊國屋文左衛門《きのくにやぶんざえもん》が二回、奈良茂《ならも》こと奈良屋茂左衛門《もざえもん》が一回というのが伝説だ。そのほかに大門を閉じさせた者はいない。

「文七、おめぇ、とうとういかれちまったか。正気の沙汰《さた》じゃなかろう」

「おれのためじゃない。大口屋の大旦那治兵衛爺《じい》さんのためだよ」

大口屋の大旦那はさすがの高齢で、この夏、気力がなくなったと口にするようになった。九十過ぎていままで気力のあったほうが不思議だが、それならひとつ華やかに元気づけたい。

「そいつは豪儀なことだ。わかったよ」

平十郎が番頭を呼んで命じると、盆にのった百両の包金が九つはこばれてきた。

おれが風呂敷に包んだのを見届けて、平十郎は証文を長火鉢の炭火で燃やした。残った灰を、火箸《ひばし》でこまかく崩している。

「おれはもう札差をやめようとおもうんだ」

「そうか。なにをする」

平十郎は、火箸の手をとめずにたずねた。

「とりあえず金はあるからな、瀬川を身請けして、しばらくのんびりさせてもらうさ」

「そいつはとびきり豪儀なこった。うらやましいかぎりだな」

「女房に役者と心中されてみろ。仕事なんぞする気になるもんか」

なにもいわず、平十郎は火箸で灰をつついていた。友だちにそんなことといわれても、答えにくかろう。

「古女房よりよっぽどいいじゃないか。うらやましいぜ」

苦笑いすると、火箸を灰に突き立てた。


蔵前の札差百人が南町奉行所に出頭を命じられたのは九月十六日の朝だ。

瀬川がお奉行なめくじと樽屋なめくじからあれこれ聞きだしてくれたので、たいていのことはわかっている。ただ、打てる手はすくなかった。うちの店ではどうしても二万両ばかりの貸し金があっさり消えてしまう。たまったもんじゃない。

札差一同は、庭の白州に敷いた莚《むしろ》にすわらされた。

しばらく待っていると、一段高い座敷に侍たちがあらわれた。

正面にすわったのが、南町奉行山村良旺《やまむらたかあきら》だろう。

勘定奉行がそばにすわり、末席につらなっているのは、樽屋をはじめ新しく勘定所の御用達になった連中たちだ。樽屋なめくじの魔羅がちいさいのをおもいだして、おれはくすりとわらってしまった。

下座にいた侍が、南町奉行から奉書をいただいてうやうやしく頭をさげた。白州の札差一同にむかうと、懸け紙をひらいて朗々たる声で読みあげた。

そのほうども、御旗本、御家人へ下され候御切米高引き請け世話いたし、定式、臨時とも用向き承り、金子《きんす》貸付け渡世いたし候儀に候ところ、そのほうども貸金の儀は永々元利の取引きになり、数代の借金尽る期もこれなく候あいだ、御旗本、御家人はおいおい難渋あい増し候ことに候……。

つまり札差に金を借りているせいで、旗本、御家人が困ってるという話だ。わかりにくいしち面倒な文言を長々と聞かされていやになった。

「棄捐する貸し金の年限や利息などの細目は、べつにしめす仕法書に記してある。得心して従え」

南町奉行と勘定奉行たちが退出すると、樽屋与左衛門が残っていた。縁側にすわって白州の札差たちを見おろした。

「本日はごくろうさまでした。仕法書の細目についで説明しますのでわたしの役宅におまわりください」

南町奉行所から、日本橋本町にある樽屋の役宅まで何町かぞろぞろと歩いた。おれ一人でもざっくり二万両の小判が白昼夢のごとく消えてしまった。百人の札差で、いったいいくら棒引きにされちまうことか、見当もつかねぇ。

「まったく悪い夢を見てるようだ」

平十郎がつばを吐き捨てた。

「ちげぇねぇ。頭んなかを虫がぞわぞわ這いまわっている気がするぜ」

おれたちは悪態をついて、侍を罵倒しながら歩いた。

樽屋役宅の大広間に札差一同がはいると、正面の高いところにすわった与左衛門が一冊の帳面を手に話をはじめた。

「この仕法書に詳細が書いてあります。天明四年十二月以前の貸金はすべて棄捐。それ以降、ことし五月の夏借米までの元金、利息は、年六分。知行高百俵について一年に元金三両ずつの年賦返済。これを守っていただきます」

札差たちが大騒ぎになった。声をあげるのはここしかない。

樽屋をはじめ、新しく十軒の商人たちが勘定所の御用達になっている。両替商ははいっているが、札差は一軒もない。そいつらが侍たちの相談にのって棄捐令の細目をきめた。まったく勝手放題のやり口だ。

「六年以上前の貸し金がぜんぶ棒引きにされちまったら、地借りの借金が返せなくなっちまう。札差はみんな首をくくれってことか」

大声でだれかがさけんだ。札差は自分の資金ばかりを旗本たちに用立てているわけではない。ほかの商人から借りてそれを貸し、利ざやを稼いでいる分も多いのだ。こたびの棄捐令では、札差が旗本に貸した金だけが棒引きになるので、商人から借りている地借りぶんは返済しなければならない。大打撃だ。

一同があらっぽい声でわめきたてた。収拾がつかず、樽屋はしかめっ面をして黙っていた。

「札差がつぶれて一番困るのは旗本、御家人衆だぜ。みんな金が借りられなくなるじゃねぇか。それはかまわねぇんだな」

「そうだ。おれたちはお武家に泣きつかれて金を貸したんだ」

江戸に住む旗本、御家人衆は、どの家でもまるで金が足りず、一年の切米だけではとてもやっていけない。先々のぶんまで担保にして金を借りるしかなくなっている。ここで貸している金を棒引きにされたら、武家に貸す金がまるでなくなる。

いや、そもそも、もう武家に金を貸す札差はいなくなる。貸し金が増えて膨大になったという理由だけで棒引きなんぞにされてはたまらない。

ざわめきを制するように、樽屋が手をあげて、大きな声をあげた。

「旗本への貸し金ができるように、会所を設け資金を用意しておきます」

「その会所はどこにあるんだ」

「いま浅草あたりでさがしています」

「けっ、ほんとかよ」

「金子はいくらの用意があるんでぇ」

「二万両あります」

「それぽっちじゃ、どうにもならねぇだろ」

二万両を百軒で割ったら、一軒二百両にしかならない。それじゃ、旗本の貸し金にとても足りない。

怒号と罵声がうずまいたが、樽屋はじっとこらえていた。もうきまったことだ。どうしたってくつがえるものではない。嵐《あらし》がとおりすぎるのをじっと待っている顔だった。


その夜、吉原の大門を閉めた。

三千両の小判は、おれが大旦那からもらった証文で、札差連中から返してもらった金で都合した。

おれたち大口屋の分家は、松葉屋にあがった。札差仲間はみんな呼んだ。旦那ばかりでなく、番頭も手代も下男も、みんな呼んでやった。

江戸町一丁目と二丁目の大見世《おおみせ》だけでは足りず、半籬《はんまがき》の中見世や小見世まで札差の雇い人たちであふれた。芸者衆や幇間《ほうかん》も大勢呼んで、にぎやかな芸を披露させた。まだ大人にならぬ丁稚たちには引手茶屋でご馳走《ちそう》をたらふく食べさせた。いちばんはずれの羅生門河岸《らしようもんがし》の安女郎にまで祝儀をはずんだから、みんな大喜びではしゃぎまわった。

大口屋の大旦那治兵衛は、松葉屋の二階で、瀬川にひざ枕をさせて寝ていた。

もうすわっているのもしんどいらしい。いやがるのをむりに医者に診《み》せたら、老衰でそろそろ寿命だろうといわれた。本人にはあと百年は生きるといっておいた。

「棄捐令とは、聞かねぇ法の名じゃねぇか。そもさん、棄捐とはなんでぇ」

「捨てっちまうってことらしいです」

「ふうん。やっかいな言葉を見つけてきやがったな」

瀬川の膝《ひざ》で寝ている大旦那は、とてもいい顔をしていた。自分の人生に満足しきった顔だ。まわりを、大口屋の分家の主人たちが取り囲んでいる。

「大旦那が、いままでいっち愉快なことはなんでしたか」

おれがたずねると、大旦那は瀬川の膝を撫でた。

「そうさな。金がたくさんあると、生きてるのがおもしろくてたまんねぇからな。おれはなにをしても愉快だったな」

「そんななかでも、なにが愉快でしたか」

「そうさな。まずは女に惚れられることだろうな。金がごっそりあれば、たいていの女が惚れてくれる。こいつは気もちがいいぜ」

大旦那は、金があるのに威張らなかった。だから女にもてたのだ。大旦那の内儀さんは、大口屋本家の奥を切り盛りしていたが、ずいぶんまえに亡くなった。そのときに大旦那は隠居して札差から身を引いた。好き放題に暮らしはじめたのはそれからだ。

「若いころ、船をやったことがあった。あれはおもしろかったな」

そんな話は聞いたことがなかった。廻船《かいせん》問屋でも買ったのか。

「新しい千石船があったんだ。船長と水夫《かこ》はみんな熟練だ。荷物を積ませて、おれも乗り込んだ」

「どこへ行ったんです」

「表向きは、薩摩《さつま》ってことにしてたが、こっそり琉球《りゅうきゅう》まで行ったよ。朝鮮にいきたかったが、さすがにあっちは遠いや。またこんどにしようとおもったよ。それからあちこちに行かせて商いさせた。よく儲かったさ」

たのしそうに話してくれた。

「船はおもしろかった。だけど、おれが乗っていないとき、嵐に遭って、船と船長と水夫たちと荷物がぜんぶ沈んでしまった。船は利が大きいが、損も大きい。でぇいち、人が死んじまったら寝覚めが悪くってしょうがねぇ。二隻目の船を買う気にはならなかったよ」

瀬川が大旦那の口元に、朱塗りの杯をつけて、酒を舐《な》めさせてやった。

「金はいいぞ。いくらあってもいいもんだ」

「まったくそのとおりですね」

「百万両あれば、征夷大将軍《せいいたいしょうぐん》にだってなれるさ」

「そいつは凄《すご》い。なれますか」

「ああ、しっかり算段すりゃぁなれるさ。ただ、時間がかかる。おれの四代あとの玄孫《やしゃご》がやっとなれるぐらいだ。まぁ、公方《くぼう》になんかなったってしょうがねぇがな」

大旦那は、ゆっくり話している。

「金の使い道なら、さんざんにかんがえたぜ。派手に使ったら幕府に目をつけられてそれでおしまいだ」

実際、ひと昔前に十八大通《じゅうはちだいつう》と称された札差たちは、派手な大山参りをしたり、家を芝居小屋みたいに造作したり、たいそうな奢侈《しゃし》、浪費をして幕府からにらまれた。厳しく処分された者もいる。

瀬川がひざに寝ている大旦那の額を撫でている。しわはあるが、利発で聡明そうな艶っぽい額である。

「大きな金になると、増やそうとしても、人の役に立つことでなけりゃ、けっしてうまくいかねぇな。不思議なもんだな、金ってのは……」

おれは大きくうなずいた。ほかの分家の主人たちもうなずいている。

「お釈迦《しゃか》さんが、いいことをいってるぜ」

「なんでしょう」

「悪いことをするな。善いことをしろ。意《こころ》をきよくしろ。……だとさ。百万両をうごかす極意もそれだろうよ」

大旦那が黙った。

だんだんと目が細くなっていく。また小さく口がうごいた。

「百まで生きてぇ……。おれはまだ九十七だ……」

気もちよさそうに笑うと、両のまぶたを閉じた。

胸と鼻のあたりで、しずかにつづいていた息がきえた。

腕の脈をさがしたが、もう止まっている。

大旦那の魂魄《こんぱく》は、金の亡者の墜《お》ちる無間《むけん》地獄ではなく、遠い西方の極楽浄土に舞い飛んでいった。

第五章　極楽の村

わっちが吉原を出たのは、そのつぎの朝だ。

松葉屋の忘八旦那《ぼうはちだんな》は、わっちの身請け金を三千両から下にはゆずらなかった。

文七さんは、大旦那からもらった札差《ふださし》仲間の証文を割り引いて小判でうけとり、大門を閉めるお金と、わっちの身請けのお金をつくったといっていた。

松葉屋の姉さんたちが、顔をそろえてわっちを見送ってくれた。

「よかったねぇ」

「果報者だよ、あんたは」

「あい、ほんに」

「しあわせがよすぎて怪我《けが》なんかしないように、気をつけるんだよ」

いわれて心配になった。瀬川なんてぴかぴかの名をもらって、すぐに落籍《ひけ》てもらえるとんでもない果報のつぎは、怖い大きな不幸の落とし穴が待っているかもしれない。

「気をつけます」

「馬鹿だね。冗談にきまってるじゃないか。あんまり果報者だから、くやしくていったのさ」

そんなことをいってわっちの手をつねる姉さんもいた。

「わっちはほんに……」

胸がいっぱいで、なんにもいえなかった。

「もう、わっちていうのはやめるんだよ。大口屋は大店《おおだな》なんだからね、妾《めかけ》だって、すこしは威張ったっていいさ」

「そうだよ。お店の者に馬鹿にされちゃいけないよ」

棺桶《かんおけ》といっしょに大門まで歩いた。

日本晴れの青空のもと、辻々《つじつじ》に札差の旦那衆や番頭、手代、丁稚《でっち》や下男、吉原の大見世《おおみせ》の旦那衆や花魁《おいらん》たちが顔をそろえてたちならび、大旦那の棺桶を見送った。

朝の吉原で、こんなに大勢がならんでいるのを見たのは初めてだ。

「よっ、日本一ッ」

札差の旦那衆が声をかけた。

「地獄で閻魔《えんま》の野郎に金貸しておくんなさいッ」

「釈迦《しゃか》に金の説法なさいましよッ」

たくさんお金を儲《もう》けて、たくさん遊びにつかった大旦那だからこそ、こんな豪儀な死に方ができたのだとみんないっていた。ほんとにそのとおりだとおもう。

大門をくぐってから、わたしは辻駕籠《つじかご》に乗せてもらった。駕籠から見えた吉原の屋根はとってもいやな地獄の里に見えた。

山谷堀の船入りで駕籠をおりて、棺桶と旦那衆といっしょに船に乗った。秋の川風が頰《ほお》にそよいで夢のなかにいるようだった。

広い川をしばらくゆくと、見たこともない白い大きな建物がたくさんならんでいた。

「あれが浅草の御蔵だよ。立派だろ。お城よりよっぽど頼りになるんだぜ」

ほんに、たいそう立派で江戸の人たちみんなが何年でも食べられるだけの米俵がたくわえられると、文七さんがおしえてくれた。

大旦那の棺桶は大きなお寺にはこびこんで、その晩にお通夜とつぎの日に葬殮《そうれん》がおこなわれた。みなでいったん店に帰って、喪服に着替えた。わっちも喪服を着せてもらった。

通夜も葬儀もお寺は人でいっぱいだった。大きな本堂には、御蔵役人や札差仲間、日本橋、浅草あたりの大店の旦那たちや花街の芸者衆が大勢拝みにきてくれた。浅草のものもらいたちが大勢お参りにきたのは、大旦那がたくさんほどこしをしていたからだった。

蔵前天王町の文七さんのお店は、大見世の松葉屋よりもなお間口があってひろい。

大旦那の弔いのために二日間、表の大戸を閉じていたが、三日目には朝から開いて掃除がはじまった。若い番頭、手代たちがしっかりしている。丁稚たちもよくはたらく。

文七さんはわたしを奥座敷につれていった。

大きな仏壇がある。蠟燭《ろうそく》を灯《とも》し、線香を立てて、鈴《りん》を鳴らして掌《てのひら》を合わせた。

わたしも仏壇の前にすわって、線香をおそなえして、鈴を鳴らして手を合わせた。

――内儀さん、もうしわけありません。

吉原の女のくせにお宅までお邪魔してしまいました。どうかお許しください。お腹立ちでしょうが、すこしは文七さんのお役に立つようはげみます。そう念じた。

「おれは、どうしても、女房のみつがあの役者野郎に惚《ほ》れて心中したとは信じられねぇんだ。殺されたに決まっている。それを明かしてやらないかぎり、お蝶《ちょう》を嫁に迎えるわけにゃいかねぇんだ。わかってくれるな」

お蝶というのは、信濃《しなの》の親がつけてくれたわたしの子ども時分の名前だ。大門を出たそのときから、文七さんはその名で呼んでくれている。わたしは、わっちとか、ありぃすという廓《くるわ》言葉はわすれて、あたりまえの町の女の話し方をするつもりだ。

「わたしはお内儀さんにしてもらおうだなんて、おもっておりません。吉原の女郎の身で、もったいなさ過ぎて罰があたります」

「じつは、ときどきちくっとばかり、こころが揺らぐこともあるんだ。ひょっとしたら、みつの奴……ってね。でも、まだ女房を恨んだり、憎んだりする気にはなれねぇ。それは承知してほしい」

「はい。もちろんです」

それからわたしはひとりでずっと店の二階の立派な座敷で寝ていた。

とても眠くて頭がぼんやりしていた。布団を敷きっぱなしにしておいてもらって、ただひたすら寝ていた。布団にくるまってからだを縮めて眠っていると、なんだかお母《かあ》の子袋のなかにいる気がする。

朝ご飯も昼ご飯も夕ご飯も、女中さんが膳《ぜん》ではこんできてくれたのをいただいた。

「ほったらかしで、すまねぇな」

ご飯のときは、文七さんがいっしょに食べてくれた。だから、安心して美味《おい》しくあじわってたくさん食べた。

「なにしろ、店の貸し出し金、借り入れ金、現金、証文類から雇い人の給金なんか、洗いざらいを帳面から確かめてるんだ。ちくっとてぇへんな仕事でな」

札差の世界の仕事が、わたしにはまるでわからない。たまに、下の手水《ちょうず》におりると、番頭さんから手代、丁稚まで算盤《そろばん》をはじいては帳面に書き付けをしている。みんなで朝から晩までそんなことをしているのが見えた。

「だけど、これをきちっとしとかなきゃ、金貸しの商売は閉められねぇからよ。大雑把でもいいんだが、それじゃおれの気がすまねぇんだ」

文七さんは、そういう人なのだ。

「お気張りくださいませ」

わたしは毎日朝からとても眠かったし、いくらでも気を失ったように眠れたので、そのままほっておいてもらえるのがちょうどよかった。

そのまま何日もずっと眠っていた。

文七さんは階下の奥座敷で寝ていて、夜は忍んでこなかった。

花魁暮らしが終わって、張りつめていた気が緩んでほっとしたのかもしれない。やはり、知らない男に抱かれるのは気もちがわるい。好きな人に抱かれて尽くしたいにきまっている。

ひたすらそうやって眠っていると、すこしずつからだに力がわいてきた。


「ようやく店の片がついたよ」

文七さんがそういったのは、十月のなかばになってからだ。

「ぜんぶ算盤が立ちましたか」

「ああ、きれいに立った。一分《ぶ》一厘《りん》のまちがいもなくご名算だよ」

「よかったですね」

「ああ、これですっかり肩の荷がおりた。今夜はみなでお祝いだ」

夜、店に仕出し料理を取り寄せた。番頭、手代、丁稚、下男、女中、女衆までが膳をもらって、盃を手にした。

「みんな、ごくろうだったな。これでようやく店が閉じられる。儲かりすぎて金はもういらねぇからな」

文七さんがいうと、みんなくすりとわらった。

お酒を呑《の》んで料理を食べながら、文七さんは店のみなの身のふり方の算段をはじめた。

「どうだい、まだ札差稼業をつづけたい者はいるかい」

番頭、手代、丁稚たちのほとんどの者が札差をつづけたいとこたえた。

「そうか。おれはもう商いするのが嫌になっちまったが、札差はこれからも悪い商売じゃねぇとおもうぜ。武家が扶持《ふち》を米でもらっているかぎり、ずっとつづけられる仕事だ。ただし、いままでみたいな大きなもうけは期待できねぇがな」

一番番頭が口をひらいた。

「虫のいい話ですが、もしできましたら、旦那さんの札差株をゆずっていただけませんでしょうか」

「買ってくれるなら、ありがてぇや。いまの相場は三百両だぜ」

「それでしたら、こつこつ貯《た》めてまいりましたのでお払いできます」

番頭たちには、給金のほかにそれなりの手当てや儲かったときの祝儀をわたしていた。

それをちゃんと貯めていたのだ。

「ふうん。店はどこに開くつもりだ」

「それはこれから探します」

「なら、この店をそのまま使えばいい。すっくり居抜きで貸してやるぜ」

「よろしいんですか」

「ただじゃねぇぜ。家賃は払ってくれよ」

「もちろんです」

「屋号はどうするんだ」

「さあ、それもこれから」

「なら、大口屋を名乗るがいい。看板料はとらねぇさ」

「ありがとうございます」

番頭が両手をついて頭をさげた。

「やりくりの資金はあるのかい」

「これから算段いたします」

「けっ、用意の悪い野郎だ。そんなこっちゃ、なかなか儲からねぇぜ」

「はぁ……」

「千両貸してやろう。当座のちいさな商売なら、それでなんとかなるだろう」

「そこまでしていただくわけには……」

「なにいってる。くれてやるんじゃねぇんだ。利息をはらってくんな。高くはとらねぇから心配すんな」

「助かります」

「番頭といっしょに働きたい者はいるか」

二番番頭、三番番頭と手代と丁稚たちが手をあげた。ほとんどみんなだ。すぐに話がまとまった。

「じゃあ、この店はこれからおめぇの大口屋だ。しっかり儲けてくれよ」

「ありがとうございます。精一杯はげみます」

「上女中のきよと女衆の三人、それから弥助爺《やすけじい》さんは、向島にいっしょに行ってくれるかな」

「承知いたしました」

「よろこんでお供いたします」

「ああ。よろしくたのむよ」

その人たちは、むこうでわたしたちの世話をしてくれるという。

それから楽しくみなでおしゃべりしていた。わたしは話にはくわわれなかったが、いっしょにいるだけでとてもここちよかった。

つぎの朝、引っ越しにとりかかった。

仏壇、簞笥《たんす》や所帯道具などを荷造りさせた。店の人たちが総出でやってくれたので、朝のうちにもう片づいた。それを米俵を積む何台もの荷車に積み込んだ。

駕籠を呼んだ文七さんは、めったに見せないしみじみした顔になった。

「人の世っていうのはな……」

「はい」

「晴れてるとおもって安心してると、ふいに嵐《あらし》がきやがる。まったく寸善尺魔《すんぜんしゃくま》とはよくいったもんだ」

「文七さんは、その嵐がくるのをしらべつくして、したくなさってたんだから、たいしたもんですよ」

「はは。お蝶にほめてもらうと嬉《うれ》しいやね。なんだかくすぐってぇや」

「それに嵐はまた晴れますし」

「そうだな。ちげぇねぇ」

いい顔で笑ってくれた。

文七さんは、御蔵前札差衆がこぞって着るぞろりと長い羽織はもう脱いで、あたりまえの羽織を着ている。

それから駕籠に乗って向島の新居に引っ越した。荷車は町内の札差の丁稚たちがてつだって、ガラガラにぎやかに押してくれた。

橋で大きな川をわたると、景色がいっぺんした。

江戸の町とちがって、田舎の風情だ。ただ、どれだけ見まわしても、信濃とちがって山は見えない。

駕籠からおりると、風のにおいがまるでちがっている。しめりけのある風だ。

青空がどこまでもひろがっている。

木立や生垣にかこまれた家が何軒か見える。

「向島の寺島村という在所《ざいしょ》だ。吾妻《あずま》橋で隅田川をわたったから船には乗らなかったが、ここは中州の島なんだ。風流なところでな、堤の桜はみごとだし、すぐそこの堀切《ほりきり》は花菖蒲《はなしょうぶ》がたくさん咲いている。寺や神社があちこちにあって、梅林もあれば、紅葉の名所もある。遊山の種にはことかかないところさ」

文七さんがむこうの二つならんで建っている大きな屋根を指さした。

「あそこの二軒は料理屋だ。どっちもいい魚を食わせてくれるよ」

「わっちは海の魚が大好きです。江戸で初めて食べぃした。白身のお魚の天ぷらが好き。鯒《こち》とか、穴子とか。……それから、海老《えび》も」

あんまり嬉しくて、つい里のことばがでてしまった。

松葉屋で食べていた台の物はかなりのご馳走《ちそう》だった。

口の奢《おご》ったお客は、どこの料理がいいとか悪いとかうるさくいっていたけれど、どこの店の料理でもみんな美味しい。海の魚は、信濃では見たことさえなかった。初めて食べて、白身のほくほくした天ぷらが、すごく気にいった。

「使いをはしらせて、昼飯に天ぷらを山盛り届けさせよう。鱚《きす》や烏賊《いか》もうまいぞ。手伝いのみんなにも食わせてやろう」

「あい。うれしぃおす」

なかなかふつうのことばにもどらない。

柴垣《しばがき》をめぐらせた屋敷の、竹で編んだ小さな門をひらいて文七さんがなかに入った。しばらく庭を歩くと、たいそう立派な真新しいお屋敷があった。

「贅《ぜい》はつくしたが、お上ににらまれちゃいやだからな、田舎風につくらせたんだ」

なるほどいわれてみれば、庄屋様のお屋敷の風情だ。大きな茅《かや》葺《ぶ》き屋根がとても落ち着いている。

「おめぇのために、前からしたくしておいたんだぜ」

そういわれてとてもうれしい。

入口の障子がひらいていて土間が見える。

「いま着いたよ」

「へぇいっ」

なかからすぐに返事があった。

「お早いお着きでございました」

幇間《ほうかん》の玉介が顔をみせた。ほかにも五、六人の幇間たちが、尻を端折《はしょ》り、袂《たもと》に襷《たすき》をかけてきりりとはたらくいでたちである。引っ越しの手伝いにきてくれたらしい。

「おめぇがそんなかっこうで働いているとは、にわかには信じられねぇな」

「なにをおっしゃいます。雑巾《ぞうきん》を手にみんなで丁稚の小僧みたいに磨いてまわったんですから。廊下はもちろん、柱や鴨居《かもい》まできれいに光らせておきました」

なかを見ていると、表で道具を積んだ荷車の音がした。十台あまりもつらなっているから壮観だ。

「よし、じゃあさっそく運びこんでくれ」

はいってきた番頭にいくつか指示すると、あとは番頭が差配して運びこんだ。

草履を脱いで、文七さんは土間から板敷きの間にあがった。すべて新築で、檜《ひのき》の板がまだ白く光っている。

「客用の入口はべつにある。こっちはすぐに台所にはいれるほうさ。ほら、あがれ」

わっちも草履を脱いで板の間にあがった。

板の間のむこうの土間に、黒塗りのへっついが二つ。鉄鍋《てつなべ》がすえてある。広いところに、水瓶《みずがめ》、流し、鍋の棚、皿、鉢などの棚もあって、つかいやすそうだ。見ているあいだに、荷車に積んであった所帯道具がつぎつぎと運びこまれ、荷ほどきして、棚や押し入れや納戸におさまっていく。

いっしょにきた上女中のきよ、三人の若い女衆、下男の弥助爺さんがもう襷をかけてはたらきだした。

「ふだんの賄いや洗濯は、心配するな。お蝶にはしばらくむりだろ」

そんなふうにいわれると、さすがに悔しい。

「でも、そのうちお蝶のつくった味噌汁《みそしる》が飲みてぇな。たのむぜ」

「はい」

できるだけ台所に立って、料理をおぼえよう。

みながいそがしげに動きまわっている。わたしはなにをしていいのかわからない。

「家のなかをひととおり案内しよう」

文七さんが歩きながらつぎつぎと襖《ふすま》をあけると、座敷がいくつもつづいている。

そこに簞笥や仏壇がにぎやかに運び込まれていく。

むこうの障子をあけると縁側があって、きれいな池と川のある庭が見えている。

「柱や天井の材は、ずいぶん大工に吟味させたんだ」

たしかに立派なお屋敷だ。柱や廊下は檜が薫《かお》っている。信濃ではよくこの清々《すがすが》しい匂《にお》いをかいだことがある。お父《とう》がお屋敷を建てたわけじゃない。檜の森で、新しい切り株や木切れの端を見つけて匂いをかいだのだ。

「敷地は三千坪ある。あの池には鷸《しぎ》という鳥がよく飛んでくる。ほら、あれだよ」

池のほとりに嘴《くちばし》の長い鳥が見える。池の浅いあたりの泥をつついている。虫でもいるのだろう。

「水路に小魚がびっくりするくらいたくさん群がって泳いでくることがある」

「つかまえたら天ぷらにして食べられますか」

「鯔《ぼら》って魚で、あんまりうまかねぇな。小舟を買ってあるから、あったかくなったら海に釣りにつれていってやるさ」

きれいな座敷にふたりですわって、日当たりのいい庭をながめた。

「ここで、ふたりしてのんびり暮らそうじゃねぇか」

返事ができなかった。

うれしすぎて泣いてしまったら、文七さんが抱きしめてくれた。

引っ越しはみんなにまかせ、庭を眺めながら縁側で日向《ひなた》ぼっこしていると、襖のむこうできよの声がした。

「お隣の漁師さんがごあいさつにおみえですけど、いかがいたしましょうか。魚をたくさん持ってきていただいております」

「ちょぃとあいさつしておこう。お蝶もきてくれ」

台所の板の間にいくと、土間にごま塩髭《ひげ》の漁師が立っている。土間に置いた大きな桶《おけ》にたくさんの魚がはいっている。

「いましがたは、たいへんなごあいさつをちょうだいしましてありがとうございます」

文七さんは、引っ越しのあいさつに、料理屋から、漁師の家にそばと料理と酒の大徳利をとどけさせた。漁師はよろこんで、お返しに魚をもってきてくれたのだ。

「美味《うま》い魚が捕れたらちょくちょくとどけてくれるかい」

「おまかせください」

文七さんが一両小判をわたすと、驚いた漁師がうやうやしく両手でおしいただいた。

台所には、こっちにも山盛りの天ぷらとそばが届いていた。

「もうあらかた片づきましたよ」

番頭さんにいわれて、そのままその場でみなで天ぷらとそばを堪能した。漁師がその場で魚をさばいてくれたので、とびきり新鮮な刺身まで食べられた。

引っ越しが一段落して、向島の暮らしがはじまった。

朝、わたしと文七さんは、白縮緬《しろちりめん》のふかふかの布団で裸で抱き合ったまま目が覚める。

目覚めたら、縁側の障子に明るい陽射《ひざ》しがさしている。

わたしたちの起きた気配を感じると、きよが顔をあらう道具をもってくる。耳盥《みみだらい》にちょうどよい湯加減のお湯。お風呂も朝から沸いているからふたりしてどぶんとつかって温まる。きれいなお湯に朝の光がまぶしくてとても気持ちがいい。

朝ご飯に湯豆腐やら美味しい魚を食べ、白いご飯と味噌汁をいただく。

お腹《なか》がいっぱいになったら、またふたりで抱き合う。文七さんとなら、わたしはいくらでも気がいってしまう。ついいましがたいったばかりなのに、文七さんがいろんなことをするので、すぐにまた気がいく。文七さんのからだと指とで、何十回でも、何百回でも気もちが七色に染まって昂《たか》ぶってしまう。

「極楽だな」

わたしのなかにはいったままの文七さんが、耳元でささやいた。

「はい……」

わたしだってことばにならないほど気もちがいい。身がとろとろになってぜんぶ蕩《とろ》けてしまっている。

「おれは、お蝶でなけりゃ、こんなにはならないんだぜ」

文七さんはとても強い。大きく硬くおやかして、いつまでもわたしにはいっていてくれる。それで腰をうごかされるとたまらない。あちらの極楽からこちらの桃源郷へと往生をくり返し、からだと気もちがとろとろに溶けてしまう。吉原でたくさんの男たちに抱かれたけれど、わたしだって文七さんでなければ、こうはならない。

「わ、た、し、も……」

「そうだろな」

文七さんはわたしにはいったままで、下にいるわたしの頬《ほお》を撫《な》でた。

「はい」

「とても、よくわかるぜ。お蝶は松葉屋にいたときよりよほど潤うようになったからな」

恥ずかしくて、わたしは目を閉じた。じつはわたしも気がついていた。松葉屋にいたときは、お客に潤うなんていうことはなかった。布海苔《ふのり》をぬってごまかしていた。文七さんにだって、すこししか潤わなかった。

ここに来てからは、からだが変わったらしい。こころが変わったのか。

好きなひとにだけ抱かれることがこんなにもしあわせだとはおもわなかった。しあわせすぎてからだが蕩け、こころが蕩け、たっぷりの潤いで文七さんを迎えたくなる。

目を閉じていると、文七さんが口を吸ってきた。舌が口のなかにはいってくる。愛《いと》おしい人なら、舌でもどこでも愛おしい。

「好きなんだぜ。いとしくてたまらない。こんなに相性のいい女は、お蝶が初めてだ」

亡くなった内儀さんのことがちらっと頭をよぎったけれど、すぐに打ち消した。嘘《うそ》でもそういってくれるなら、それがうれしい。

たくさん抱き合って肌をすり合わせると、また眠くなって寝てしまう。

目覚めたらもう陽が高い。

また湯を浴びて、髪結いを呼んで髷《まげ》を結ってもらう。あたりまえの町人の娘の髷にした。簞笥にたくさんある着物は、文七さんがわたしのために見立ててくれたものばかりだ。そのなかからあでやかな桜小紋《さくらこもん》をえらんだ。

「ほれぼれするほど品があるぜ」

文七さんが、うなじに口をつけてくれたのが嬉しかった。


ふたりで庭を散歩して歩き、座敷にもどって昼餉《ひるげ》を食べていると、幇間の玉介が何人か仲間をつれてやってくる。

お酒になって、おきまりのかっぽれがはじまる。そのまま日暮れまでにぎやかにさわぐと、文七さんが玉介に目配せして帰す。

夜は暖かい白縮緬の布団で、また裸にされ、抱き合ってすごす。

「お蝶はすげぇな」

わたしにはいったまま、文七さんが耳たぶを嚙《か》んでからささやいた。

「どうして」

「なにしろいっぺぇ気がいきやがる」

「わたしも不思議なの……」

文七さんになら、なんでもされたい。なんでも感じる。耳たぶや小指を噛まれただけでもかんたんに気がいってしまう。一日抱き合っていると、ほんと百回も千回もそれ以上も気がいってしまう。ほんにふしぎでならない。


そんなふうに日が過ぎていった。

「どこか遊びに行きたいところはあるか」

文七さんに問われて首をふった。

わたしは、ものごころついてから吉原の廓《くるわ》しか知らない。江戸のほかのことはなにもわからない。

「暖かくなったら、海に釣りにいきたい。でもまだ寒いし、行きたいところはありません」

「そうだな。寒いのに無理にでかけるこたぁねぇや。春になってあったかくなったら、あちこち遊山にでかけようじゃねぇか」

「はい。わたしは春が好き」

そんなことで、わたしと文七さんはどこにも行かず、大きなお屋敷のなかでゆっくりたのしく過ごした。こんなにしあわせでいいのだろうかと心配になるくらいだ。

大晦日《おおみそか》にも裸でむつみあっていると、どこからか除夜の鐘が聴こえた。

「どこのお寺でしょうね」

「近いから、この向島のどこかの寺だな」

文七さんはわたしにはいったままじっと動かず、鐘が終わるまでふたりで聴いた。

年が明けて寛政二年（一七九〇）のお正月になった。

わたしは十九。

文七さんは三十九になる。


正月が明けて坂倉屋の平十郎さんが遊びにきた。

「こっちがよかろう。炬燵《こたつ》があったけぇぜ」

文七さんが、台所わきの八畳の間の掘り炬燵に案内した。幼なじみがひとりで遊びにきただけだから、暖かくてくつろげる場所がいい。お供の丁稚は、ちゃんと暖かい部屋でお菓子をだしてひかえさせてある。

その八畳間にも、ちょっとした床の間があって正月の飾りがしてある。

ふたりして炬燵でお酒を呑みはじめた。わたしはあいだにすわってお酒をついであげた。

「師走になって、勘定所から棄捐《きえん》分の貸し金を書き出してとどけよって指示があってな、年末はとんでもない目にあったぜ」

それを計算するのがどれほどたいへんだったか、平十郎さんが身振り手振りでおもしろおかしく話してくれた。

「いくらあったんだ、坂倉屋本家の棄捐分は」

文七さんがたずねた。

「うちは四万八千両あった。たまらねぇな」

それがどんな大金か見当もつかないけれど、人が何人か死んだり殺されたりしてもおかしくないお金だろう。

「うちは二万一千両あった。まったくどうにもならなかった」

文七さんは、店を畳むときにぜんぶ算盤を立てて、面倒がないよう、帳面を樽屋《たるや》に届けておいたといっていた。

「札差仲間百軒のうち、八店は金額を届け出なかったそうだ」

「そんなものだろうな」

「十八店は、算盤を立てず、およその金額を書き付けて届けたとかいってたよ」

「額がわかったところでどうにもなんねぇからな。やる気なんぞは起きもすまい」

「ぜんぶ合わせていくらだか知ってるか」

「いや、ずっとここに閉じこもっているから、まだ聞かねぇな」

「いくらになったとおもう」

文七さんがわたしを見たので、かんがえて答えた。

「百万両くらいですか」

「どんぴしゃりのいいところだ。棄捐の総計は、百十八万七千八百八両と三分。銀が四匁《もんめ》六分五厘四毛だったそうだ」

「どうしてわかった」

文七さんがふしぎそうな顔でわたしを見ている。

「だって、一番おおきいお金は百万両しか知りぃせん」

「はは、吉原のことばがでたな。いいぞ」

「うん、ときどきは、耳にこそばゆくていいな」

文七さんが小指で耳をかいた。

「大旦那の証文はいくらあったんだ」

「三万二千四百八十三両だ」

そのうちの二万両ばかりが札差仲間に貸した金だった。大口屋の本家、分家からはじめて、貸し金返済の話をもちこんだ。幕府が懸命にかくしているのだが……、と棄捐令のことを前におしえて恩を着せたから、みんな半金は支払ってくれたと話してくれた。

「札差のほかは、どんな連中の証文だ」

たずねられて、文七さんは、いくつかの大店の名をあげた。わたしでも知っているような大きな店だ。

「そのあたりは、四、五百両ぐらいが多い。松葉屋半右衛門の五百両の証文もあるぜ。あれはまだしばらく持ったままにしておくよ」

「なるほどな」

平十郎さんが朱塗りの杯をほしたので、お酒をついであげた。

「勘定奉行の証文もあったぜ。三百両だ。ただ、どうやら酒の席で書いた証文だがな。懐紙の走り書きで、金額と、借り受け申し候、実名と花押《かおう》、月日がさらさらと記してある。印はない。貸したことは間違いなかろう」

「ふふ。そりゃいいや。なんかのときに役に立つかもしれんぜ」

それからもあれやこれやいろんな話がでて、文七さんと平十郎さんは、暗くなるまで、炬燵で楽しそうに話していた。


正月が明けてからも、そんな暮らしをつづけていた。玉介たちが毎日やってきて、たっぷり笑わせてくれる。そのほかは、ふたりで裸のまま布団で抱き合っていた。

梅が咲いて鶯《うぐいす》が啼《な》くようになったころ、珍しいお客さんがあった。

濃紫姉さんが遊びにきてくれたのだ。

「わっちも身請けしてもらったんだよ。浅草の呉服屋の旦那さ。金はもってるよ」

濃紫姉さんの着物や化粧は、とっても粋に見える。襟を抜き気味にして、うなじを見せた着付けがいろっぽい。名前はかえずにそのままだといった。

「馬道のそばに家を買ってもらったんだよ。たのしくってしょうがないね」

浅草寺のすぐ裏だといった。

「紫縮緬の三ッ布団を仕立てさせたのさ。わっちが裸で寝てると、旦那さんそりゃもう大喜びでさ」

明るくわらっている。

「そうそう。夢之丞ってのは、とんでもない悪玉だね」

「話を聞いたのかい」

「吉原をやめる前にね、勘五郎ってのがわっちの客についたのさ。そんな名だったろう、夢之丞の付き人は」

「そうだ。勘五郎だ。ちげぇねぇ」

「その男が客になったんだよ」

「どんな男だった」

文七さんが膝をのりだした。

「三十過ぎかね。貧相な男だったよ。芝居じゃ、馬の脚しかやらせてもらったことがないっていってたよ」

吉原江戸町一丁目松葉屋で濃紫姉さんと一晩遊んだら、二十両はすぐにとんでいく。貧相な男にできる遊びじゃない。

「金はどうしたんだ。持ってたんだろ」

「たんまり持っているようだったけど、どうやって稼いだかは言わなかったね。でも、夢之丞の話をしてくれたよ」

「聴かせてくれ」

文七さんが眉《まゆ》をひそめながらも身をのりだした。

「素人女を手玉にとってたって噂は、ほんとうなんだね。あれじゃ、殺されたってしかたがないさ」

「なにをしてたんだ」

「夢之丞は、素人女に惚れさせるのが好きだったんだってさ」

その勘五郎の金玉をくすぐってたずねたら、いくらでも話したという。

「惚れさせるのが好きってのは、どういうことだろ」

「それがね、従順になんでもいいなりにさせるのが好きなんですって。足の指からお尻の穴まで女の人に舐《な》めさせたり、裸のまま縛っていじめたり……」

文七さんがことばを詰まらせた。顔がくもっている。

「まさか、内儀さんがそんなことしたはずがありませんよ。そんな事が好きなくだらない野郎だって話ですよ」

「……そうだな。そうにきまっている」

しばらくだれもなにもいわなかった。文七さんが口をひらいた。

「でも、そんなことされたら、女が逃げていくだろ」

「ところがふしぎなもんでね。そういうことされるのが好きな女の人がいるんですよ。わっちだって、惚れた男のいうことなら、なんだってしてあげたくなるし、されたくなるもの」

微笑《ほほえ》んだ濃紫姉さんがつやっぽい。

「そんなもんかねぇ、女ってのは」

文七さんがわたしを見つめた。

「そりゃ、わたしだって文七さんのいうことなら、なんだってしますよ。ふふふ。なにをしてさしあげましょうか」

わたしが微笑んで見せると、文七さんが肩をすくめた。

「まったく女ってやつは、魔物だぜ」

「女をそんなふうにさせるのは、男の人ですよ」

「そういうもんかね」

「ええ、文七さんにならなんだってしてあげますよ。でも、ほかに好きな女の人ができて捨てられたら、喰《く》い殺すかもしれません」

文七さんの顔がまたくもった。いわなければよかった。

「わたし、文七さんの魂まで欲しいもの。ぜんぶわたしのものにしたいもの」

でも、最後までいってしまった。ほんとのことだからしかたがない。

濃紫姉さんがうらやましそうな顔になった。

「あんた、ほんとに文七さんに惚れてるんだね」

「はい。そりゃ、もう心底、とことん惚れんした」

「うらやましいね。わっちもそんな殿方に出逢《であ》ってみたいよ」

「浅草の旦那には惚れてねぇのかい」

文七さんがたずねた。

「惚れてるってのじゃないよね。大枚はたいて落籍てくれて、立派な家と所帯道具を買ってくれて……。わっちにお金をたくさんつかってくれるのはありがたいけどね」

「金に惚れたか」

濃紫姉さんが首をかしげて、とても寂しそうな顔になった。

「惚れたっていうのは、やっぱりちがうね。そんな人に逢ってみたいよ。わっちだって文七さんなら惚れちまうね。ふふ。あんたから盗《と》っちゃおうかしら」

「はは、濃紫姉さんなら大歓迎だね。どうするよ、お蝶」

「わたしが先にぜんぶ食べてしまいますよ。からだも魂もぜんぶ」

「そりゃ、たまんねぇな」

愉快そうに笑ってから、文七さんが真顔になった。

「うちの女房は、夢之丞を喰い殺しちまったのかね……」

「ごめんなさいね、へんな話をしちまって。旦那の内儀さんがそんなことなさったはずがありませんよ」

「ああ、そう思いたいんだが、目明かしにいくら調べさせても、まわりの絵がてんで見えやがらねぇ。どんな筋書きだったかさっぱりわからねぇんだよ。ひょっとしたら……、と疑いたくもなるさ」

「そんなことありませんよ。内儀さんを信じてあげなくちゃね。だれかに騙《だま》されたんですよ。かならずそうにきまってます」

「そうだな。なにかの仕掛けにはめられて殺されたにちげぇねぇ……」

といった文七さんの顔がどこか虚《うつ》ろだ。

「ごめんなさいね。へんな話をしちまってさ。なにかわかったらまた知らせにきますよ」

「ああ、そんなこたぁいいから、気楽に遊びにきてくれよ」

濃紫姉さんは、それからまだしばらく話し込んで、夕方になって駕籠を呼んで帰った。

二日たって、目明かしの仁介が向島にきた。

これまでも、ときどき顔を見せては、調べたことをあれこれと話しにきていたが、これといった決め手の話にはまだたどりついていなかった。

「やっ、勘五郎があらわれましたか。年が明けて気を許しやがったな」

これまでは、どこに雲隠れしたのか、とんと行くえがしれなかったという。

「吉原にきたんなら、だいじょうぶ。かならずまた来やす。捕まえてごらんにいれますよ。あいつさえ口を割ったら、万事があかるみにでますぜ」

「ああ、ぜひそうしてくれ」

文七さんはいつもよりたくさんの小判を懐紙に包んで、仁介にわたした。

三日たって、また仁介がやってきた。

はいってくるなり渋い顔をしている。

「先をこされちまいました」

「先ってなんだい」

「勘五郎のことです。あの野郎どうにも仲間たちから目をつけられていたらしくて……」

「仲間ってのは、なんの仲間だ」

「へえ。極楽屋夢之丞のまわりにゃ、何人か牛太郎役《ぎゅうたろう》がいたらしいんですよ」

「牛太郎か……」

それは吉原の客引きである。妓楼《ぎろう》に雇われて女たちを売る。

「みんな弟子筋か」

「いえ、どうやら弟子は数人ですが、そこから、仲介の声をかけてうまい汁を吸おうって悪党連中がけっこう群がってたようです。その元締めが勘五郎だったんですね」

「そんなに大きな話にひろがってたのか」

「なにしろ女たちのなかにゃ、金ならいくらでもだすから夢之丞に抱いてほしいってのがたくさんいるんですよ。十両っていえば、すぐに十両だす。百両だすのもざらにいる。悪党連中はそこからごっそり抜いて、勘五郎にたのむって寸法です」

そんな話が、江戸のあちこちでひろがっていたのか。

「で、どうしたんだ。先をこされたってのはなんでぇ」

「一人暮らしの宿をやっとのこと聞き出して探しあてたんですが、行ってみたら、台所で首を吊《つ》ってました」

文七さんとわたしは唾《つば》をのみこんだ。

「首吊りでしたが、ありゃ、どう見たって、何人かが台所の梁《はり》に縄をかけて勘五郎の首をひっかけて、足をひっぱったんですよ。殺されたにちげえねぇ」

「どうしてそうとわかる」

「首を吊るとき、踏み台をつかいます。床に転がってたが、高さがてんで足りゃしねぇ。あれじゃ飛び上がって、縄に首を突っ込まねぇといけねぇ」

そんな奇妙な死に方はないはずだ。勘五郎は今戸のはずれのちょっとした隠居所を借りてひとりで地味に暮らしていたらしい。

「床下を掘った跡がありましたね。どうやら金をたんまり隠していたのも知っていたらしい。悪党たちのしわざでしょ」

「殺されたのはいつだろ」

「おいらが見つけたのは昨日のことです。用心してか、飯炊き婆《ばあ》さんもやとってなかったので、それまでだれも気づかなかったんですね。骸《むくろ》のぐあいからして、何日かはたってましたね」

文七さんが腕を組んでかんがえている。

「だれのしわざかね。悪党ってのは、だれだろう」

「それはこれからです。勘五郎が殺されたのなら、むしろ話がききやすくなる。かならず金の悶着《もんちゃく》があったはずです」

「そういうもんかね」

「そういうもんです。こいつはかならず裏が見えてきますよ。そんな勘がはたらきます」

「それにしても、どうして勘五郎さんは吉原にいったのでしょう。その悶着のことで狙《ねら》われているのを知らなかったのかしら」

　わたしは仁介親分にたずねた。

「たしかにね。逃げて隠れてりゃ、殺されもしないのにね。男ってまったく馬鹿ですぜ。のこのこ吉原にあらわれたんで、悪党に目をつけられたにちげぇありやせん」

「それだけ美人の濃紫さんが抱きたかったたってことだろ」

　文七さんのことばに、わたしはうなずかなかった。男の人がそんな生き物だとはどうしても思いたくない。

第六章　激痛

三月になって、桜が咲いた。

向島にもあちこちにたくさん咲いている。

二月の梅は暖かい日をえらんであちこちに見にいったのに文七さんは桜を見にいこうとはいわなかった。

わたしも見たくなかった。浅草寺は桜の名所ではないはずだ。吉原にいたって、浅草寺にいったことがあるなんていう女の人はほとんどいなかった。

「浅草寺にいったことがないの。できればいってみたいんです」

わたしは初めて、文七さんに遊山のおねだりをした。

「浅草寺か。いいね。いってみよう」

さっそくしたくをして、駕籠《かご》を呼んででかけた。

雷門の前で降りて、なにしろ人が多いのにおどろいた。

「今日はなんかのお祭りでもあるのですか」

「はは。ここは毎日これくらいの人が出ている。なにしろ御利益がいいって評判でな」

賑《にぎ》やかな仲見世《なかみせ》を歩いていくと大川から見えた五重の塔があった。大きな本堂の前でお線香をお供えして煙をあびた。

「どうして煙を浴びるのかしら」

「厄が落ちるんだよ。ここの御本尊の大きさを知ってるかい」

お堂はとても立派だ。一丈（約三メートル）の仏様でも二丈の仏様でもはいりそうだ。

「大きいんでしょうね。一丈くらい」

「ところが一寸八分《ぶ》（約五・四センチ）しかねぇんだよ。秘仏だから、だれも見たことはないけどな」

「わたしの小指くらいかしら」

「ああ、そんな見当だろ。なんでも、ずいぶん昔、隅田川がまだ海だったころ、漁師の兄弟の網にひっかかったらしいぜ」

「それはたいそうな御利益ですね」

「まったくだ」

このところ、ふたりだけで出かけたり、場所によっては玉介たちを連れていったりして、楽しくすごしている。

こんなに楽しくてしあわせでよいのかと、わたしは心細くなったので、神社仏閣では一生懸命手を合わせた。

本堂の正面には黄金の荘厳なお飾りがある。観音様がいるというお厨子《ずし》に向かって一心に拝むと、声がきこえた。

――幸いの紙一重下には、とんでもない不幸がたくさんあるんだよ。気をおつけなさい。

厨子のそばに仏様もあるがそれではなさそうだ。

「観音様の声が聴こえました」

「お蝶はすげぇな。観音様の声が聴けるのか」

「そんな気がしただけかもしれません」

「で、なんていわれた」

わたしはことばにつまった。

「観音様はなんとおっしゃったんだい」

「はい。二人の幸いは筋金入りだ、って……」

ほんとのことはいえなかった。

「そりゃいい。なによりの参詣《さんけい》ができたな」

文七さんがにこやかに笑っている。わたしは初めて文七さんに嘘《うそ》をついた。

遊山のおりにかぎらず、向島の家でもわたしは毎日、朝晩お仏壇にお参りしている。そのときも声が聴こえる。仏壇には文七さんのご先祖様、ご両親と内儀さんの位牌《いはい》が安置しであるが、声はまちがいなく内儀さんのものだ。本物の内儀さんの声は聴いたことがないけれど、かならずそうにきまっている。

――わたしは、わけがわからないうちに殺されたのよ。悪党をつかまえてちょうだい。

いつもそんな声が聴こえる。

ときには、ご両親の声が聴こえることもある。

――おみつさんは、とってもいい嫁だ。まちがいなんぞおこすはずがなかろう。疑うのは文七の心が腐ってきたからだぜ。

というのは、お父様《とと》の声だろう。

――おみつさんのことを疑ったりしたら、文七に罰があたりますよ。そういってくださいね。

というのはお母様《かか》の声だろう。

そのことは、ありのままに文七さんに話して伝えている。

「そうか。そうだよな。そうにきまってる」

話すたびに、文七さんに元気がわくようで、わたしまでうれしくなる。

向島の春は穏やかでとても居心地がいい。

それでも、わたしは観音様のお声が気になってしまう。楽しくすごしていても、いつもどこかすぐそばに魔物が潜んでいる気がしてならなかった。

満月の光が神々しいほどに明るい夜だった。

寝間の縁側の障子に妖《あや》しい月の光があふれている。

浴衣を脱がしてもらって裸になった。もう春だが、部屋はいつでも火鉢で暖めてある。

素肌をかさねて抱きしめられただけで、こらえきれずに声が漏れる。

「その声に惚《ほ》れちまったのかな」

耳もとで囁《ささや》きながら抱きしめられた。熱くて、かたくて、大きくて、強いのに、優しいものがはいってきた。

命の力がみなぎっている。わたしに猛《たけ》っているのがうれしい。猛りがうずきになってわたしの内側につたわってくる。

うずきは腰から喉《のど》にこみあげて、また口からあふれだす。

それをぜんぶうけとめたい。ぜんぶほしくてたまらない。たまらなくて狂おしくなる。

「たすけて……」

つい、声が漏れた。

「たっぷり溺《おぼ》れろ」

文七さんに耳を嚙《か》まれて、わたしはまたすぐに気がいってしまった。

何十回も何百回も気がいって、頭のなかから爪先《つまさき》までぜんぶ蕩《とろ》けた。このあいだ、漁師に見せてもらった海月《くらげ》みたいに、海のなかをたゆたっているだけだ。嵐《あらし》にさらわれて、遠いところにつれていかれた。ゆらゆらうかんでいる。

はだかで抱き合ってまどろんでいると、台所のほうで物音がした。

女中か、下男かとおもった。

だんだん物音が大きくなってきた。足音になって、すぐに寝間の襖《ふすま》がひらいた。

黒い布で覆面をした男たちが群れをなしてあらわれた。

抜き身の刀を手にしている。

黙って入ってくるなり、男たちはまず押し入れの襖を開けた。

置いてある小簞笥《こだんす》を見つけた。鉄をたくさん打ちつけた頑丈なけやきの箱だ。前に棒が通って錠になっている。棒をはずさないと扉はひらかない。

「鍵をだせ。どこだ」

文七さんの素肌の喉元に、刀の切っ先を突きつけた。すぐにも刺し殺すほどの勢いだ。

「黒檀《こくたん》の棚だ」

寝間の隅に、黒檀の茶棚が置いてある。棚には煎茶《せんちゃ》の道具がかざってある。

男が一人、その棚の引き戸をあけて鍵を取りだした。

小簞笥の扉を開けた。

中には九百両入っている。当座の暮らしぶんのお金だと文七さんがいっていた。

「まだあるな……」

「おれもそうおもう」

「まったくだ」

男たちがうなずきあっている。

「ほかにまだごっそり貯《た》め込んだ小判が隠してあるはずだ。ここの床下じゃねぇか」

二人とも裸のまま柱を背に縛られた。

「どうせ、夜ごとお二人さんで契ってることだろうとおもってたよ」

「満月の夜ってのは、夜目がきくからあんがい物騒だぜ」

一人がそういった。みな、覆面をしていて顔はわからない。ここに六人いる。ほかにも見張りの仲間がいそうだ。

盗賊たちは乱暴に布団を蹴飛《けと》ばすと、たちまち畳をはねあげて、床板をめくった。

「ぷんぷん匂《にお》いやがるぜ」

床下におりた盗賊が、鍬《くわ》をふるって土を掘っている。しばらく土の音がひびいた。

「へへ。あったよ」

「だめだっ。持っていくな。やめろ」

文七さんがさけぶと、男が腹をおもいきり蹴りつけた。

「二千両ばかりはいっている。まあまあだな」

床下から声がきこえた。文七さんが埋めた壺《つぼ》を掘りあてたらしい。

しばらくして、床下から男があがってきた。手に重そうな袋をもっている。壺のなかの小判をその袋にうつしたようだ。

盗賊たちは、それからあちこちの納戸や押し入れを開けて探索した。

掛け軸と茶道具の値の張る道具を見つけ、風呂敷で包み上げた。二人の着物まで洗いざらい持って行くつもりだ。

親分に目配せされて、盗賊がわたしの縄をほどいた。

親分が、わたしの両脚をひらいて正面からのしかかってきた。

顔を拳《こぶし》で叩《たた》いたり、覆面をはがして顔を爪《つめ》で引っかいたりしたら、柱に手首を縛られて、男たちの好き放題にされた。

みなに凌辱されて、わたしは放心した。吉原でもこんな乱暴な目にあったことはない。

親分が立ち上がった。

「火をつけろ」

その声に、文七さんが凍りついた。

「やめろ、火なんかつけるんじゃねぇ」

文七さんが大声でさけんだが、耳を貸す人たちじゃなかった。

「金と道具はくれてやるから、家は残してくれ」

文七さんが、涙声で懇願した。

「こいつ泣いてやがる」

「たのむ。やめてくれ。金はぜんぶやるから、このままおとなしく帰ってくれ。番所には訴えない」

「いやだね。火をつける。おれは福をたっぷり味わっている野郎が大嫌いなんだ」

手下たちが火のついた蠟燭《ろうそく》、紙燭《しそく》などを手にしている。

親分が右手を高くあげると、手下があちこちに散って、障子や襖に火を放った。

めらめらとよく燃え上がる。

すぐに火焰《かえん》が天井を炙《あぶ》った。

欄間や天井板が燃え始め、煙がたくさんでている。

もう、ちょっとやそっとでは消すことはできない。

女中たち、下男はどうしているのか。縛られてどこかに閉じ込められているのか。だとしたら、助けださなくてはいけない。

強盗一味は、裏の竹垣を壊して忍び込んできたのか。離れているので、となりの漁師夫婦は気づいていないだろう。

「いいことを思いついた」

親分がたのしげな顔をむけた。

「刀で切られるってのが、どれほど痛いかおしえてやろう」

手にしていた刀で、いきなり文七さんの左足の脹《ふく》ら脛《はぎ》を突いた。

すぐに血がわいてでた。

「死にゃぁせん。ずっと痛くて苦しいってのが、ことのほか愉快じゃねぇか」

文七さんは顔をゆがめている。さぞや痛いのだろう。脹ら脛の傷は、四、五寸ほどの長さで深く切れている。

火焔がひろがっている。いまは屋敷ぜんたいが燃えていそうだ。

盗賊たちは、荷物をぜんぶ担いで出ていった。

わたしは手を柱に縛ってあった腰ひもをなんとかはずした。

文七さんは丈夫な麻縄でしっかり縛りつけられている。縄を解こうとするが、縄目が固いので、なかなかほどけない。

すこしずつ緩めていくのに、まだるっこしいほどの時間がかかった。そのあいだに、火がどんどんまわっていく。

やっと縄が解けたときは、もうあたりは火の海だった。

どこから逃げていいのかわからない。

縄目をはずして、文七さんの左腕をわたしの肩にかけて抱き起こした。文七さんは脹ら脛を切られているので、うまく歩けない。

「あっちだ」

文七さんが顔を向けたほうに少しずつ進んだ。炎と煙につつまれて、とても熱くてくるしい。

天井でいやな音がした。

音をたてて屋形の棟木と梁《はり》がいっぺんに崩れ墜《お》ちてきた。

落ちてきた太い材木が、文七さんの右肩にぶつかった。

文七さんはその場で倒れて、動けなくなってしまった。わたしも右手に怪我《けが》をした。落ちてきた材木はどこかにひっかかって、抜けだせる隙間《すきま》があいていたので、なんとか文七さんを引きずりだした。

とにかく文七さんを、母屋の外の庭にはこびだした。

むこうから漁師夫婦が駆けてくるのが見えた。

漁師は両手に水桶《みずおけ》を持っているが、もう遅い。盛んに燃えている。

文七さんは、裸のまま庭の池のほとりにへたりこんだ。

「……痛い。……肩の筋が、切れちまった……」

大きな家が火焰につつまれて燃えあがるのを見ながら、文七さんがつぶやいた。

広い庭は火で明るい。

月光など色あせてしまう。

「女中たちと弥助はどうしたかな。逃げているといいが」

痛そうな声で文七さんがたずねた。

「むこうの松林にまとめて縛られてました。あれじゃあ、逃げるに逃げられない。女たちはさぞ怖かっただろ」

漁師がおしえてくれた。

「そうか。すぐに助けてやってくれ」

「合点です」

漁師が松林にむかってかけた。

文七さんの右の肩には大きな火傷《やけど》がひろがっている。なにしろ素裸だったので、あちこちに火傷の跡がたくさんある。

顔が苦しくて痛そうだ。額からあごにかけて、汗がたくさん噴きだしている。

「……右腕が、うごかないんだ……」

懸命にうごかそうとして、顔がゆがんだ。

文七さんは左腕を上にあげてみせた。

右腕は肩から垂れさがっているだけだ。ぴくりともうごかない。

二階の棟木が焼け落ちて、大屋根がくずれた。

漁師の内儀さんが、とりあえず着られる着物を持って来てくれたので、それを着て池のそばの石に腰をかけて家が焼けていくのを見ていた。

ほとんど燃え尽きたときには、夜が明けて空が白んでいた。

小鳥のさえずりと、夜明けの庭の草露がみょうにからだにしみた。


右肩がひどく痛む。

切られた左足の脹ら脛もずきずき痛い。

屋敷の母屋がみんな焼けて休む場所がない。漁師のことばにあまえて、となりの家で休ませてもらうことにした。

「おたくの御殿とはおおちがいですけど」

漁師の女房が恐縮している。たしかに魚臭い貧しい家だった。板の間に薄い布団を敷いてくれた。畳の間はないらしい。漁師の二人の子どもが心配そうな顔でのぞいている。下男の弥助や女中たちも、とりあえずそこにいさせてもらうことにした。

痛みは強いが、意識ははっきりしている。

まずは、布団に横になって息をととのえた。

「蝦蟇《がま》の膏《あぶら》ならあるけど、塗ってみなさるかね」

漁師の声がきこえた。

「医者を呼んできてくれ。浅草の青木《あおき》先生がいい」

若いが腕がしっかりしていると評判の医者だ。

「いまから舟で迎えにいってくるよ」

漁師はすぐ小走りにでていった。

女房が桶にきれいな水と手拭《てぬぐ》いを用意してくれた。

お蝶が手拭いをしぼって、傷口をそっと拭《ふ》いてくれた。

「ああ、冷やしてくれ。冷たいと気もちいい」

「はい」

手拭いを何枚もしぼっては、ていねいにたたんで火傷の傷口にあててくれた。それでずいぶん楽になった。

半刻（約一時間）ばかりして漁師が浅草の医者をつれて帰ってきた。まだ夜明け早々で、診療所での診察を開始していなかったのを幸い、とにかく拝み倒してきてもらったという。

「拝見しましょう」

若い医者は、肩の大きな火傷を検分して顔を曇らせた。

「腕がうごかせますか。無理なら、指だけでも」

いわれるままにやってみたが、痛むばかりでまるでうごかない。

ずいぶん長い時間、あれこれ試したり、調べたりしてから、やっと薬を塗って晒《さらし》を巻いてくれた。

「骨は折れていないようです。ただ、この腕は役に立たなくなるかもしれません」

「……というと」

「もううごかせないかもしれません。肩の肉がえぐれて筋が切れています。その筋が切れると腕はうごきません」

灼《や》けた梁が落ちてきて肩にぶつかったときに肉がえぐれたらしい。痛みはあのときからずっとつづいている。

「筋をつないでください」

頼んだが医者は首を横にふった。

「もうつながりません。汁や膿《うみ》がでますから、朝と夕に薬を塗りかえ、晒を新しく替えてください」

お蝶がうなずいた。

「痛いのは、治りますか」

おれがたずねると医者が首をひねった。

「どんなぐあいに痛みますか」

「肩のところがそりゃ疼《うず》いてひどく痛いんです。指の先までずきずき痛みます」

「煎《せん》じ薬をだしますが、痛みにはなかなか効きにくいものでしてな」

「なんとかしてください」

「薬をくふうしてみましょう。あとで取りに寄越してください」

右肩を上にして寝ているが、とにかく肩が痛くてたまらない。つい呻《うめ》き声がもれるほどだ。脹ら脛の痛みも左足から脳天にむかって突き刺さる。

ただひたすら耐えて横になっているしかない。

お蝶も診《み》てもらった。右手の甲に大きな火傷がある。顔や首筋にもあちこちに爛《ただ》れたところが見えている。桶の水できれいに清めて薬を塗り、大きな傷には膏薬《こうやく》を貼った。手には晒を巻いた。

「先生、なんとか助けてください。痛くてたまらねぇんです」

医者はちいさくうなずいて立ち上がった。

——どうにもならない。

と顔に、書いてある気がした。

ずっと激しい痛みがつづいているので、かんがえごとなどはとてもできないが、これから住むところを算段しなければならない。

蔵前の店にもどってもよいが、あそこはどうも落ち着かない。痛みのある身にとっちゃ住みにくいところだ。

医者を呼ぶのに便利で、あたりがしずかな家がいい。

浅草寺の裏手の竜泉《りゅうせん》あたりに、大口屋本家の広い別宅がある。ちょうど、浅草にすぐなのでなにかと便利がいい。

すぐに女中のきよを本家にやって、借りられるかどうか訊いてこさせた。きよは駕籠を飛ばして一刻（約二時間）ばかりで帰ってきた。

「月に百両なら、とのことでした」

三千坪もある立派な屋敷だからそれぐらい言われてしかたがないが、いまはそんなに払いたくない。

同じ竜泉でも、もうすこし手狭なところでいい。とにかく、まずは療養のためにゆっくりと寝られる家が必要だ。

幇間の玉介と仲間たちが、あちこちでたずねて昼前に漁師の家にやってきた。

「たいへんなことでござんしたね」

「まったくたまらねぇ。黒覆面の押し込み強盗がどかどかきやがって、火付けまでいっぺんにやりやがった。たた……」

寝ているると肩の傷が痛むので、いまは上半身を起こして壁にもたれているが、なにしろ痛みが激しくてたまらない。

「とんでもねぇ連中ですね」

「ああ、ひでぇ目にあっちまったよ。ところでひとつ頼まれてくれねぇか」

玉介に竜泉あたりで手頃な家を見つけてもらうように頼んだ。

「ようがす。お買いになりやすか、それとも借家で」

こんなときに買ったって、いい家なんぞは見つかるまい。

「とりあえず借家でいい。気に入ったら買うかもしれんがな」

「合点承知の介でやんす」

玉介がいさんで飛び出していった。

当座の金がいるので、痛いのを堪《こら》えて屋敷にもどることにした。

立ち上がろうとしたが、とてもひとりでは無理だ。

「どうなさいますんで」

下男がたずねた。

「なに、ちょっくら小便にいってくるよ」

「それなら、竹筒かなんか切ってまいりますので、それでなさってください」

「いいさ。焼け跡に小便かけてぇんだ」

下男や漁師や女中がついてくるというのをことわって、お蝶の肩をかりた。お蝶がおれの左の肩をかつぐように歩いてくれた。それならずいぶん楽だ。

左足の脹ら脛は、五寸ばかりも深く切れているのでずきずき痛むがもう血は止まっている。薬をぬって膏薬を貼り、木綿の布で強めにしばっている。なんとか歩けるのがありがたい。

漁師の家を出て、ゆっくりと屋敷にいった。焼け跡はまだ熱っぽくあちこちで煙がくすぶっている。焼け焦げた匂いが鼻をさす。

「おめぇ、鍬をふるったことがあるかい」

お蝶にたずねたら、うなずいた。

「信濃では、家族で畑をやってました。耕してそばを植えたんです」

「米はできねぇのか」

「米はよそから買ってくるのでめったに食べない。つねは稗《ひえ》とか粟《あわ》とか。川で岩魚《いわな》が釣れれば焼いて食べると美味《おい》しいの」

「岩魚か、美味《うま》そうだな」

「冬なら猪《いのしし》の鍋《なべ》が好き。熊《くま》の鍋だって食べたことあるの」

「それも美味そうだ。熊の身なんてのは食ったことがねぇな」

「熊はかたいばっかりだけどね」

話しながら、庭のすみの舟小屋まで歩いた。釣りをするために、小さな舟を買っておいたのだ。

小屋にはいってから、お蝶に外を見させた。

「まわりをよく見てくれ」

お蝶がおれを壁にもたれさせて、入口と窓から庭をながめまわした。舟小屋の一方は細い川に続いていて舟がもやってある。ここからならそのまま隅田川に漕ぎだせる。

「じっくり見るんだぜ」

「はい」

「だれか人がいるか。垣の外や木陰に隠れてようすをうかがっていねぇか」

お蝶が時間をかけて庭を見つめた。

「いないようです」

「それならいい。隠してある小判を掘り出すところなんざ、人に見られたくねぇ絵柄だ。掘るときも気をつけてくれ。おれも見張っている」

「はい」

整頓された小屋のなかに、鉄の鍬がある。

「振れるかい」

しっかりした鍬だ。女には柄が長くて重かろう。お蝶は背が高いからだいじょうぶか。

外に出たお蝶が、晒を巻いた手で鍬を二度、三度ふりあげて、地面に打ちおろした。ちゃんと土が掘れている。

また肩をかりて歩きだした。自由のきく左手でお蝶の肩をつかんで、痛まない右足でなんとか歩ける。

お蝶は漁師の女房の古着をきているし、髷《まげ》もずいぶん乱れているが、それでもうなじが色っぽい。おれはそのまま首筋に口をつけた。

「その元気があるならだいじょうぶですね」

「ああ、こんなことで参ってたまるかよ」

「それでこそ文七さんですよ」

「あっちだ」

池にかかった石橋をわたって庭の奥にいった。

築山のわきに、石組みがある。小さな石灯籠《いしどうろう》の横を左手でさした。

「灯籠の右一尺あたりを掘ってくれ。まず、苔《こけ》をはぎ取るといい」

あたりにはきれいな苔がはえている。おれにいわれたとおり、お蝶は苔をはいでから鍬で掘り始めた。ここはそんなに深く埋めていない。

「ありました」

「だしてくれ」

お蝶は、油紙で包んだ四角いものを取り出すと、おれの前に置いた。

「あけてくれ」

三重に包んだ紙をひらくと、なかは小さな木箱だ。三百両いれておいた。お蝶が木箱のふたをとると、たしかに百両の包金が三つならんでいる。

万が一のときをおもって、小判は三百両ずつ木箱にいれて、庭のあちこちに埋めておいた。それがまだ十箱あるから、暮らしには困らない。

大口屋の大旦那からもらった証文は、厳重に封緘《ふうかん》して漆塗りの木箱に二重におさめ、それを壺におさめて、やはり庭に埋めてある。入り用になったらいつでも掘り出せばよい。

「よし。穴を埋めてくれ」

お蝶が土を穴にもどし、はがした苔をていねいに移しかえた。

小判は用意してきた手提げ袋にいれてお蝶にもたせた。

鍬を舟小屋にしまい、そのまま歩いた。肩は痛むが、気が張っているせいかさほど苦にならない。

漁師の家にもどると肩がいっそう痛んだので、晒をほどいて傷口をまたきれいに拭いて手拭いで冷やしてもらった。そうすると、ほんのすこしだけましになる。お蝶のやさしい手がありがたい。

昼下がりになって、玉介が帰ってきた。

「手ごろな七十坪の家がありやした。浅草の呉服屋の旦那の妾《めかけ》の家ですがね、妾が間男したんで、こないだ追い出したばかりだそうです」

「はは。そりゃいいや」

痛みがあっても、そんな他人の不幸はおかしくて笑える。どうしようもない人間の性《さが》だ。

「黒板塀に見越しの松っておきまりの家ですが、造作《ぞうさく》や建具、畳もさほど古くはなくそのまま住めます。裏にも庭がついていやす」

「じゃあ、そこにきめた。今日のうちに引っ越すぜ」

「万端おまかせくだしゃんせ、とくらぁ」

漁師が荷車を借りてきてくれた。玉介と仲間の幇間たちが、いたって陽気に残った家財を荷造りした。おれは町駕籠に乗った。お蝶がそばについて歩いてくれた。

とにもかくにも、玉介に金をわたして家を借りさせ、日が暮れるまでに引っ越した。

高価な書画骨董《こっとう》、着物のたぐいが、ほとんど盗まれてしまったのがくやしい。簞笥などの大きな道具はみんな焼けてしまった。

漁師の夫婦が持ちだしてくれたのは、台所の鍋釜のたぐいだ。それでも、あればすぐに食事のしたくができるので助かる。

新しく買ってこさせた布団で横になった。

肩に火焔地獄ができて灼け焦がされているほどに痛む。そこから腕にかけて針の山に突き刺されたみたいに痛みが激しい。

「なんとかしてくれ……」

お蝶を見つめると、おれに添い寝してそっと体を撫でてくれた。

その手には、晒が巻いてある。

「おめぇも痛むだろ」

「いいえ、そんなには……」

「そうか。おれのことばかり世話させてすまねぇな」

「いいんです。あなたの役にたちたいもの」

お蝶のことばが胸にしみて、痛みがすこし楽になった。


痛みに耐えながら横になっていると、夕暮れ時になって目明かしの仁介がきた。向島の漁師の家でたずねてこっちを教えてもらったという。

「たいへんな目にあわれましたね」

「まったくだ。とんでもねぇ連中がいるもんだ」

「どんな奴らですか」

盗賊のようすを話すと、仁介が手控えを取りながら、あれこれ詳しくたずねた。

「どうだい。見当がつくかい」

「十人ばかりも集まって押し込み強盗をやろうなんて連中は、江戸にもさすがにそんなに大勢いやしませんが、それでも、まだ捕まってない悪党の組が三つや四つはありやす。そのどれかにはちげぇねぇんだ。稲妻の権蔵《ごんぞう》、白波の清六《せいろく》、丑寅《うしとら》の源八《げんぱち》あたりがあやしいね……」

仁介はそれぞれの頭目の手口について語ったが、夜中に覆面の男たちが突然押し込んできては金を奪って逃げるというのは同じだから、素人には区別がつきにくい。

「誰か、家のなかで手引きする者にこころ当たりはありませんか」

仁介が声をひそめた。

きよと三人の女衆、下男の弥助はもう何年も蔵前の店ではたらいてくれていた。まさか盗賊の手引きをするとはおもえない。

「魔物ってのはね、どこにひそんでいるかわからねぇものでござんすよ」

おれはなにも答えられなかった。

「役人への届けはしましたか」

まだだというと、それはやっておきましょう、奉行所にも届けておきます、といって仁介は帰っていった。

医者にいわれたように、お蝶が日になんども、傷口をよくふいて清めてから薬を塗って晒を巻きなおしてくれている。煎じ薬も飲んでいるのだが、痛みはどうしても消えない。ますます強くなっているとしかおもえない。できれば、すこしでも早く痛みから逃れたい。

最初に診てもらった青木先生ばかりでなく、名医だと評判の医者を何人も呼んで診てもらった。

「よく効く痛み止めはありますか」

新しい先生がくると、とにかく開口一番それをたずねた。

「痛み止めなら、甘草《かんぞう》、芍薬《しゃくやく》ですな」

それは最初に試したというと、

「では葛根湯麻黄《かっこんとうまおう》と大棗《たいそう》、桂枝《けいし》などを処方しましょう。試してみますか」

「効きますか」

「上腕の痛みに効く薬で、期待してよいでしょう」

いわれて薬をもらい煎じて飲んだがまるで効かない。

つぎにきたときにそう話すと、

「怪我の痛みを癒す薬はむずかしいですな。われわれの薬は臓腑《ぞうふ》の慢性的な病を治すのが眼目で、怪我などの痛みにはなかなか効きません」

そんな話を聞かされたってしょうがない。

――腕が痛むなら切り落としたらよかろう。腕を切ったらその先に痛みはなくなる。

という医者なら、仁介の知り合いにいるという。往診をたのんだ。

「ここがいちばん痛むんです」

巻いている晒をはずして、肩からすべて診てもらった。

医者はていねいに触りながら診てくれた。

「どこから切りゃあいいですか」

「これじゃあ、肩からだな。肩の骨からすべて切り落とすのは不可能だ。腕を切り落としてもどうしようもあるまい」

それ以上はなにもいわず帰ってしまった。

酒を飲めば、よけいにずきずき痛む。

禁制品の阿片を内密に勧める医者がいたので試してみた。

すっかり痛みが消えたので、これはまさに仙界の妙薬だとおもったが、困ったことにすぐにまた欲しくなる。切れたときの痛みは激烈で、とても耐えられない。

——これはいかん。

からだが性悪の極楽に蝕《むしば》まれている気分だった。値段は金の何倍も高く、そもそもそれがおれには馴染《なじ》めない。

これはけっして救いではないと感じたので、その医者とは縁を切った。

名医といわれるお医者に多勢あたってみたが、肩の火傷を治し、痛みを止めてくれる医者はいなかった。

薬は医者の数だけ替わったが、痛みの消えるものにはついにめぐり合わない。

右腕は、指先一本うごかせないままだ。激しい痛みがずっとつづいている。骨こそ折れていないものの、肩に広がる大きな傷口からは膿がたくさんでるので、晒がすぐに汚れる。

左肩を下にして、布団で横になって痛いのをじっとがまんしている。布団を積み上げて、それにもたれてみたが、背中にも火傷があるのでゆっくりとはもたれられない。やはり、横になっているのがいちばんだ。左の脹ら脛の切り傷も痛むので、立って歩く気にならない。

火傷の治療によいというものがあれば、とにかくなんでも試した。評判のよい名医に診てもらうし、祈禱師《きとうし》だって何人も呼んだ。温泉でよいところがあれば、いずれ行ってみるのもいい。そんなことをかんがえてひたすらじっと左を下にして横になって寝ていた。

幇間の玉介は毎日やってきてはご機嫌をとっていく。

一人でくることもあれば、二、三人つれてくることもあるが、もう芸をしたって見る気なんぞは起きない。玉介はさいわい、しずかな三味線がひけるし、喉もいい。長唄《ながうた》でも隣の座敷で歌っていてくれりゃあ、まだしも気がまぎれる。

目明かしの仁介は、しばらく顔を見せなかった。

「なにもわからないのかしら……」

お蝶は案じているが、そうじゃないとおれはおもっていた。

「いや、わかったことがたくさんあるので、裏をとるのに忙しいんだろう」

なにしろ、夢之丞の付き人だった男が殺されたのだ。芝居小屋をつつけば、いろんな話が飛び込んでくるだろう。そんな話は、そのまま信じるわけにはいかない。裏をとって真偽をたしかめないといけない。それに時間がかかっている。

おれには、そんな空気が実感としてひしひし感じられた。

じっと動けないときのほうが、なにか遠くの空気を敏感に感じ取る能力が高まるのかもしれない。

十日ばかりもたって、仁介がやってきた。

「やけにおもしろい話を聞きこんできやした」

おれは隣の座敷で三味線をひいてうなっている玉介をとめさせた。

目で仁介に話すようにうながした。

「夢之丞に抱かれていた女のようすが一人だけわかったんです。いえ、どこの誰かはまだわからないんですが。ええ、そいつは、勘五郎しか知らなかったとみな言い張るものでしてね」

おれはだまったままうなずいた。

「ある女が金を貢ぐようになったんだそうです。そりゃ、はなから金は取りますがね、せいぜい小遣い銭の十両か二十両ってところが相場だったらしいですね」

「悪党は……」

「あいつらは、ごっそり抜きますからね、百両とって九十両抜くなんて平気でやります。夢之丞にわたすのは十両です。でも、それはべつの話で、これは女がじかに貢いだって話です」

なるほど、とおれは目だけでうなずいた。

「百両、二百両ともってきてたころは、まだよかったんですとさ。丁稚に千両箱もたせて出逢茶屋《であいぢゃや》にきたときは、さすがにぞっとしたそうです。そりゃ、怖くもなりますさ」

で、どうしたんだ、夢之丞は、と目でたずねた。

「潮時だとおもって、逃げちまったそうです」

そりゃ、抱いてやるだけで千両は気が重い。

いったいなにをしている女なのか。自分で儲けた金か、それとも家の金か。金持ちの商家の嫁というのが条件ときいたが、ひょっとしたら大名の側室でもまじっているのか。三井の嫁ならそれくらいの金はなんとかなるのか。家付き嫁なら、店は大きくなくともなんとでもなるか。それとも、泡銭《あぶくぜに》をつかんだ密貿易屋か。泥棒、悪党の内儀なんてことも考えられる。

「どういう評判なんだ、その女」

「名前も素性も判然とはしやしないんですが、札差《ふださし》の女房じゃねぇかってのが、もっぱらの噂《うわさ》です」

ふうん、札差ね。おれはそんな顔をして見せた。

「いつの話だ、千両持ってきたってのは……」

「去年の二月ごろらしいですね。夢之丞が死ぬ、ひと月かふた月前のことらしいです」

おれはいやな気がした。子もいなくて金をつかうこともないので、みつには、当座の金として毎年年明けに千両ずつわたしていた。たくさん儲かった翌年は、祝いとして二千両わたしたこともある。

みつはそれを使うこともなく、庭の蔵の金庫にいつもしまって鍵だけもっていた。死んでからたしかめたが、減っているようすはなかった。とはいえ、一万両ばかりにもなっていたから、千両や二千両くらい減っていてもわかりもしないが。

「千両貢いだ女がいるって話は、だれがしたんだ」

「じつは、弟子筋の連中はみんな知ってましたよ」

知ってたのに、いままでは話さなかったのか。それじゃ、どんなに聞き込みをつづけたにしても尻尾《しっぽ》はつかめめぇ。

「こんどは、なにしろ勘五郎が殺されてますからね。話をさせるのは簡単でした」

どうやって話をさせたのかが気になる。

「おめぇにも疑いがかかってるからな。話してくれなきゃ、奉行所に来てもらうことになるぜ。お奉行様は、石を抱かせるだろうさ。それは覚悟しろよ。さぁ、いまから行くか。それとも、知ってること洗いざらいここで話しちまえば、それでかまわねぇんだがな」

おれは少し愉快になってわらった。

ただ、その女と、勘五郎が殺されたことになにか結びつきがあるのか。

仁介はおれの目からこころを読むのがうまくなった。

「勘五郎のやつは、殺されたって仕方ありやせんや。女がもってきたその千両、持ち逃げしてとんずらしやがったんで」

そういう話だったのか。やっとなにか見えてきた気がするが、話がむしろみつにからまってきたようで気がかりだ。

「内儀さんじゃないですよ。ぜったいにちがいます」

お蝶がいったので、おれは小さくうなずいた。

――そうだ。ちがうにきまっている。ちがうにきまっている。

なんどもくり返し頭のなかでそう念じた。

痛い。右の肩から腕がずきずき痛んでたまらない。

腕はぴくりともうごかない。さわっても押してもなんの感触もないのに、それでも堪えきれない痛みがつづいている。右腕はぜんぶ晒を巻いているが、陽気のせいか凄《すさ》まじい腐臭が鼻をつく。このまま腐ってしまうのか。

お蝶がそばについて、いつもおれの体を撫でてくれている。そうすると、すこしは楽になる。左を下にして膝枕をさせて、背中を撫でてもらった。

「……ついこのあいだまで、おれは、なんでもかんでもうまくやってのけたと悦にいってたよ。精をだして一生懸命はたらいたおかげで、金も店もべっぴんの女房も、吉原で一番器量のいい花魁だって手にはいった。おれは内心、自分は偉いやつだと威張っていたよ」

「文七さんは偉いお方です。威張ってもいいじゃありませんか」

お蝶がそういってくれるとうれしい。

「だけどな、いまのざまはどうだい。さんざんだ」

「すぐによくなりますよ」

「ああ、よくなりてぇよ」

「わたしがたくさんお祈りしますよ。よくなれ、よくなれって、ずっとお祈りしながら撫でていますよ」

お蝶がそうやって撫でてくれるのは、とてもありがたい。ほんとうによくなる気がする。

「知らなかったよ。地獄ってのは極楽の紙一重すぐ真下にあるんだな。人はいつも地獄の落とし穴の上を平気で歩いてるんだな。気づいてないだけでよ」

「そうかもしれませんね」

「……いてぇ」

「はい。わたしが替わってあげたい」

「お蝶がこの痛みに襲われたら、そのまま死んでしまうぞ」

「そうかもしれません」

「いてぇや。たすけてくれ……」

「はい。たすけたい。なんとかしてあげたい」

「地獄だよ。おれの肩に地獄があるよ」

黙ってうなずくと、お蝶は着物と襦袢《ジュバン》を脱いで素裸になった。おれの寝間着を脱がせて、ぴったりと背中から肌をかさねた。

お蝶のやわらかな乳房と、なめらかな肌を背中に感じた。

地獄のとなりに極楽があった。

それもほんとうだ。

第七章　人間界

日のたつのが遅い。

肩の痛みが果てしなくつづいている。

時は痛みのなかに過ぎていく。痛みだけがおれの感覚で、ささやかな喜びでさえ、痛みを抜きにしては感じられない。

医者代、薬代にかなりつかったが残してある金が目減りするほどじゃない。向島の屋敷のあちこちには、まだ小判がいくらもかくしてある。取りにいけばいい。

大旦那《おおだんな》からもらった証文も、金にかえてないのがまだ一万両ばかりある。それも隠してある。

金に不自由はないが、おれのからだが不自由だ。まったくおれの体がこんな具合になるなんて、思ってみたこともなかった。

ただひたすら痛い。

痛みにおしつぶされそうになりながら、ひたすら寝ているのはなんとつらいことか。これでお蝶がそばにいてくれなかったら、おれはまちがいなくとっくに庭の池に飛び込んで死んでいる。

葉桜のころになって、南町奉行所同心の佐藤彦左衛門がやってきた。目明かしの仁介もいっしょだ。

明るい顔をしているのは、どうやらよい知らせがあるらしい。

「向島のおめぇの屋敷で小判を盗み、家を焼いた悪党一味を捕まえたよ。頭目は白波の清六って男だ。くわしい話が聞きたいだろうとおもってやってきた」

おれはおもわず起きあがって、積んである布団にもたれかかった。

「そいつは、よくやってくださいました。盆と正月に浅草の祭りがかさなったみてぇなめでたさだ。いや、なによりなにより」

すこしだけ痛みがやわらいだ気がした。

「はやくみんな獄門にしておくんなさい。こっちがこんなに苦しんでるのに、のうのうと生きてられちゃあ寝覚めが悪くってしかたがねぇ」

「ああ、斬首《ざんしゅ》獄門はまちげぇねぇ。ただ、まずは余罪を吐かせてからだ。悪さをいっぱいしてやがる」

「けっ、悪いことたくさんしてたほうが、そのぶん少しでも長生きできるってのも、皮肉な話だ」

「ちげぇねぇ」
「どんな余罪があるんですか」
「それはこれからだ。どっちみち死罪だから、石を抱かせずとも話すだろうよ」

——白波の清六

向島のあの屋敷をねらったのは、いかにも金がありそうだったからでさ。泥棒じゃなくたって、あの屋敷には金がうなってるってのは一目瞭然《いちもくりょうぜん》でしょ。おれたちばかりじゃなく、ほかにも狙《ねら》ってた組がありましたぜ。昼間っから、屋敷のまわりをうろうろしてやがる。もちろん下見のためです。

そんな連中の頭目とくじを引いて、おれが一番を当てたんだ。稲妻の権蔵と丑寅の源八にはあとで稼ぎから百両の金をわたす約束をした。それだけの小判で、楽に仕事ができるならありがてぇもんだ。……百両が安いって。そりゃ、儲《もう》けをみすみす見逃す涙金ですからね。悪党ってのはこれでなかなか律儀でしてね、そういう約束はちゃんと守るんですぜ。

せいぜいそんなもんですよ。

主人は、元札差《ふださし》でしょ。それくらいのこたぁ、知ってましたよ。蔵前大口屋の文七ってんですよ。たいしたもんですね。棄捐令《きえんれい》で札差がみんな左前になっちまったってぇのに、たんまり貯《た》め込んで残してましたね。あのようすじゃ、まだほかにいくらでもあるでしょ。だれかにおしえられたわけじゃありやせんぜ。向島なんてところに、わざと鄙《ひな》びさせたあんな豪儀な庄屋屋敷みてぇなのを建てちゃぁ、目立ってしょうがねぇ。泥棒なら、だれだって目をつけますさ。

文七の女房……、あの若い妾《めかけ》じゃなくて、古女房……。そいつは知りませんね。池之端の出逢茶屋《であいちゃや》で役者と心中……。ああ、そういや、札差の女房と心中したって、去年だったかね、大騒ぎだったね。その一件……、あっしは知りませんよ。なんでそんなことに関《かか》わりがあるんですか。話がわかりゃしねぇや。

素人女から金をもらって……。まさか、おれたちは、そんなちんけな話に喰《く》いつきゃしませんよ。えっ、……一人百両ぉ。けっ、そんなにぶったくりやがるんだ。へへっ、代わりにおれが抱いてやるのにね。役者なんかよりよっぽど立派なの突っ込んで、夢見ごこちにしてやるのにね。

えっ、こっちにすわれって。やだぜ、そんな鬼の洗濯板みたいな板なんか。たた、すわっただけで、向う脛《ずね》にやけにくい込むじゃねぇか。痛くてたまらねぇな。

どうして石なんか持ってくるんだよ。やめてくれよ。なんでも隠さず話してるじゃねぇか。

芝居の話なんかほんとうに知らねぇよ。知らねぇっていってんだろ。たた、やめろ。やめてくれ。

……勘五郎。ああ、知ってるよ。あの家は、おれの今戸の子分が見つけてきやがったんだ。一人暮らしのくせにたんまり貯め込んでやがったな。そうだよ。やったよ。まちげぇねぇ。あれもおれたちの仕事だ。首の縄……。ああ、三、四人で抱えて首を吊《つ》らせて、足を引っ張ったんだ。すぐにお陀仏《だぶつ》しやがったぜ。芸もなしにふつうに殺すよりよかろう。殺しと露顕しなきゃ、こっちも安泰だしな。

あの野郎のしのぎ……。知らねぇな。そんなこたぁ、おれたちにはどうでもいいこった。金をもった家があれば、調べて押し込む。それが稼業だぜ。どうして稼いだかなんて、さぐる気なんぞさらさらねぇや。

もういいでしょ。やったこたぁ、ぜんぶ話しましたぜ。これ以上、知ってることなんぞねぇや。もうやめておくんなさい。

おい、石を踏むんじゃねぇよ。いてぇよ。堪忍してくれ。いてぇじゃねぇか。知らねぇよ、もうそれ以上、なんにもやっちゃいねぇって。

出逢茶屋の心中なんて知らねぇよ。蓬莱《ほうらい》って茶屋……。池之端だって、さっきいってたじゃねぇか。そんなとこ知りゃしねぇぜ。

おい、やめろよ。どうしてもう一枚はこんでくるんだよ。まさかおれに載せるんじゃやねぇよな。おい。なにしやがるんだ。人じゃねぇな。鬼かよ同心は。

ぎゃあぁぁ。ほ、ほ、骨が折れちまうぜ。かんべんしてくれ。すわるなよ、その上に。

た、た、頼む。やめてくれ。

してねぇよ。そんなことは。するもんか。

おい、まさか三枚目なんか載せるんじゃねぇだろうな。ほんとにつぶれちまう。本気かよ。やめろ。もう足が千切れたぜ。やめろ。

さっさと殺してくれ。殺せ。殺せ。あれだけの金をもらってよ、口を割ったんじゃ、この白波の清六の男の一分が立たねぇんだよ。殺してくれ。とっとと殺しやがれぇ。

——出逢茶屋蓬萊主人吉右衛門

夢之丞さんは、十五、六のときからうちに出入りしてましたよ。なにって、そりゃ、逢い引きのためですよ。それ以外の用事でうちにくる客はいやしません。

でも、まさか心中をしでかすとはね、思ってもみませんでした。どうしてあんなことになったのかね。ふつうに考えれば、夢之丞のほうから心中をもちかけるってことはねぇでしょ。だって、役者として人気があって、別嬪《べっぴん》の素人女を好きほうだいにはべらせて楽しんでたんですからね。

素人女……。ああ、それは、まあそういうことだろうって見当はついてましたよ。だって、新橋や柳橋の粋筋の女でもなさそうだしね。だとしたら、たいがいそんな見当でしょ。とんでもない。うちは場所を貸すのが商売ですよ。注文があれば、酒と料理をあつらえて女衆がはこんでいきます。次の間に布団が敷いてある。それだけですよ。

心中ねぇ。ほかの茶屋じゃ、なんどかあったようですが、うちじゃあ初めてでしたよ。まったく迷惑なこった。

心中をしかけたなら、女からでしょうね。夢之丞に死ぬ理由なんて金輪際ありゃしませんよ。世の中が楽しくって仕方ないはずです。なんでも思いどおりになるんだから、なにも素人女と心中なんてしなくてもいいじゃないですか。ふつうに考えれば、女からの無理心中ですよ。

ほんとに知りません。あの大口屋のみつって女は初めての客だったんです。

……えっ、去年、女衆たちがしょっちゅう来てたって話しましたか。そうだったのかな。わたしは客と顔を合わせませんからね、知らないんですよ。ほんとうに。

女衆が旦那に嘘《うそ》をつかせられたって……、そういったんですか。……えっ。わたしゃ、そんなことさせてませんよ。やっぱり、初めての客だったんですか。

初めて会った女が無理心中をもちかけるかって……。そりゃ、たしかにそうかもしれませんが、なかにゃ、舞台で見て、恋焦がれて、死ぬほど思い詰めてそのまんま突っ走っちまったってこともあるんじゃねぇですか。

なんですか、そっちの部屋は。わっ、やめてくれ。拷問部屋じゃねぇか。素直にぜんぶ話してるじゃないですか。なんでおれに拷問なんかかけるんですか。

だから、知らねぇって。ほんとですよ。

そりゃたしかに、あの日はなんか騒がしいなとは思ってましたよ。男女の機微ってのは摩訶《まか》不思議でしてね。しんみりしっぽりやってたとおもったら、とつぜん阿鼻叫喚になるのも男と女でしょ。裸になって抱き合ってりゃ、なにがどうなるかわかったもんじゃねぇんだから。いくら騒がしくたってほっとくしかないでしょ。うちじゃあそうしてますよ、いつも、どのお客にもね。

えっ、そこに座れっておっしゃるんで。勘弁してくださいよ。そんな尖《とが》った板の上にすわったら脛が砕けっちまう。

だから、知りませんよ。わたしがなにを隠してるってんですか。……えっ、まさか、そんなことするわけねぇでしょ。

やめてくださいよ。堪忍してください。知ってることはみんな話したじゃねぇですか。これ以上、なにを話せっていうんですか。ほんとに、知りゃしねぇんだから。堪忍してくださいよ。許してくださいよ。てて、ほんとに載せやがった。なんだよてめぇ。おれにどうしろっていうんだよ。

同心佐藤彦左衛門の話は、微にいり、細をうがっているので、聞いていてぞくぞくした。連中の痛みがひしひしつたわってきて、おれは自分の痛みなんぞ忘れてしまうくらいだった。痛みを癒すのにいちばんいいのは、きらいな連中の痛みを見ることかもしれない。

「なかなか話の奥が見えてこなかったんだがな、勘五郎のまわりの弟子筋の連中をもういっぺんつついたら、だんだんわかってきたぜ、その女がよ」

「千両貢いだ女ですか」

「ああ、おまえさんも知ってる女だ」

「まさか……」

「だれだとおもうかね」

「札差の女房ですか」

「そうだ」

「うちのみつじゃないですね」

「安心しろ。それはちがう。はっきりちがったよ」

「じゃあ、いったい……」

佐藤が黙った。おれに考えてみろといってるようだ。頭をめぐらせた。思い浮かんだ名がある。

「……おとく。坂倉屋本家のおとくですか」

佐藤が深々とうなずいた。

――坂倉屋とく

やだよ、こんなところは。ねぇ、帰してくださいよ。あたしはなんにもしておりませんよ。

はい、はい。ええ、そこまでご存じなら、隠したって無駄ですね。そうですよ。千両持っていったのはあたしです。

なぜかって……。野暮なお人ですね。気を惹《ひ》きたいからにきまってるじゃありませんか。あの人、あのころすこしつれなくなっていたんでね。そりゃ、あれだけ人気のある役者なんだから、あたしのことだけ見てるなんてはずがないのは承知なんだけど、できればあたしだけを見ていてほしいじゃないですか。それが女ってもんですよ。

もったいないって……、べつにそんなことおもったこともないですよ。たかだか千両じゃないですか。これでも坂倉屋本家の一人娘ですからね、子どものころから千両も万両も見飽きてますよ。小判なんか見たって、お菓子ほどもうれしかありませんでしたよ。

ああ、やだ。ぜんぶご存じなんですか……。

あれだけ小判ばらまいて、知らぬ存ぜぬでとおしてくれってたのんだのに、やだね。だれが話したんだろ。しょうがないわねぇ。……はい。こうなったら、隠しごとなんざいっさいいたしません。ぜんぶ包み隠さずお話しいたします。

どだい、あたしはなんにも悪いことなんぞしちゃいませんからね。

そりゃ、夢之丞さんとのことは、不義密通にはちがいありませんが、二人重ねて切り殺すなんてのは、昔のお武家の話でしょ。いまなら内済《ないさい》金の相場が七両二分ときまってますよね。そのくらいの悪さしかしちゃいませんよ。

あの日のことはね、もちろんよくおぼえてますよ。

だって千両持ってったってぇのに、勘五郎と連絡がとれないんですからね。ひどい話ですよ。

なんとかべつのお弟子をたぐって約束をとりつけたんですよ。

それもね、あたしと二人じゃ気が重かろうと気をつかってね、嘘ついて、おみつさんを誘ったんですよ。上野で花見をしましょうって。いえ、嘘じゃないんですけどね。花見は花見だから。

寛永寺の黒門あたりで、ちょっと桜を見て、すぐに蓬莱にいったんです。おみつさんが

ふしぎそうにしてましたから、

「ごちそう食べながら花見をしましょう」

って誘ってね。つれてったんです。

おみつさんとふたりで座敷から上野の山の桜を眺めてました。陽気のいい日で、気もちがよかったですよ。いろんなおしゃべりしてました。

夢之丞がはいってきたときは、さすがにおみつさんも驚いてました。あたしはもうあれこれ説明なんかするのをやめておきました。だって、そういうことなんですものね。たいてい思案がつくでしょう。

あの男は、やっぱりへそを曲げてました。

「あんなことされちゃ困るんだよな。あの金はもうもどらないよ」

「いいんだよ、あれくらい。好きに使ってもらおうと思って持ってきたんだから。すっかり使っちまっておくれ」

「いや、使えねぇんだよ」

「だからぁ、かまわないんだよ、そのつもりで持ってきたんだから」

「あの金、勘五郎のやつが持ってとんずらしちまってな。まったく、こんなところによ、あんな大枚持ってくるからそんなことになるんだよ」

あたしはさすがにあきれましたよ。でも、どうしようもないじゃありませんか。

「しょうがないねぇ。いいさ千両くらい。なんでもないわよ。なんなら、もう一箱持ってくるわよ」

黙って聞いていたおみつさんがもじもじしだした。

「あの、わたし、帰ったほうがいいですよね。帰ります。お二人でごゆっくりどうぞ」

立ち上がろうとしたのを、夢之丞が膝《ひざ》をおさえた。

「いいじゃないか。もうすぐ、料理と酒がくるから、花見をしようぜ。ほらみごとな桜だぜ……」

夢之丞は縁側に立つと、むこうの上野の山を見たんです。

そりゃもうみごとな咲きっぷりでしたからね、おみつさんもすわってくれたわ。

ふふ。でも、ほんとはね、夢之丞の男っぷりにやられちゃったのかもしれませんよ。だってあれだけいい男なんだから、女ならだれだってね。……ええ。はい。わかりました。よけいな話はいたしません。

それでしばらく料理を食べて、おみつさんだって、お酒を飲みましたよ。夢之丞がついでくれたんだもんね。飲まないはずないわよ。

夢之丞はね、静かで艶《つや》のあるおみつさんみたいな女の人が、好みなんですよ。

あたしは男の人から見たら、どこか蓮《はす》っ葉《ぱ》なところがあるのかしら。なにかこう内に秘めたしっとりしたところがなくってね。しょうがありませんよね、江戸は蔵前の女なんだから。そんな艶っぽくなんてできやしませんさ。

ところがおみつさんは、ふしぎとしっとりして艶っぽいんですよね。そういう女が夢之丞は大好きなのよ。そういう女を惚《ほ》れさせて、尽くさせたいんですよ。ふふ。あたしの思ったとおりだった。おみつさんをつれていけば、夢之丞はすぐには帰らないって踏んでたんですよ。

それでね、楽しくおしゃべりして……。ええ、あたしたちは聞いていただけですよ。夢之丞はそりゃ、話がうまくておもしろいんだから。芝居の失敗の話やなんかを舞台みたいに話してくれるんで、あたしたちふたり笑いころげてたんですよ。

しばらくして、わたしが下のお手水《ちょうず》に行くと、なぜだか、急に二階がやかましくなったんです。何人もの足音が階段を駆けのぼったかとおもうとどたんばたん。なんだかおそろしくて、あたしはしばらく下で待ってたんです。

男たちが階段を駆け下りて飛び出していったんで、あわてて部屋にもどったの。

そしたら、座敷で二人が重なって血をながして死んでいた。あたりに膳《ぜん》の皿や徳利がころがっている。

なにが起こったのかわからないまま呆然《ぼうぜん》としていると、うしろから肩を叩《たた》かれたんです。

ふり返ると、怖い顔して茶屋の主人が立っていました。

指でくちびるをぎゅっと押さえ、それから手をふって出て行くように合図しました。

あたしは、あわてて階段をおりて、草履だけつっかけて走ってそとに飛び出したんです。真っ赤な血の赤が目に染み込んでいるのに、外のおだやかな陽気がうそみたいでした。蔵前の店に帰ると、しばらくふるえていましたよ。

夜になって帰ってきたうちの旦那は、あたしの顔を見て驚いてました。よっぽどひどい顔をしてたんでしょうね。怖くて、そのまま旦那の胸に飛び込んで抱いてもらいました。旦那もわるくないって思ったのは、そのときが初めてかもしれません。

その日の佐藤の話は、そこまでだった。

「まだ、これ以上のことはだれも口を割らねぇのさ。なに、じきに知れるだろうがね。真相がわかったら、また知らせてやるよ」

佐藤が帰ると、おれはお蝶の肩をかりて、仏壇の前にすわった。線香をそなえて鈴《りん》を鳴らし、こころから手を合わせた。

――すこしでも疑ったりしてすまなかったな。

女房のおみつに、誠心誠意、謝らずにいられない。

無惨に殺された女房に、ひょっとしたら心中か……、なんて疑念をもってしまった。おみつがそんなことをする女ではないと、なぜ真っ先に言い切らなかったのか。悔いがのこってしかたがない。

「内儀さんと夢之丞さんを殺したのは、いったいだれだったんでしょうね」

「そいつがぜひにも知りたいところだが、一味のやつが口を割るには、まだもうすこし時がかかるだろうさ。たっぷり拷問してくれればいいな」

おれは、拷問にかけられる連中の痛みをおもって、溜飲《りゅういん》をさげた。

――白波の清六

もうぜんぶ話しやしたよ。堪忍しておくんなさいな。ぼろくずみたいに絞られたって、ひと滴だってでやしませんよ。

いや、だから、蓬莱の件は知りやせんって。……勘五郎は知ってますよ。でも、あの野郎と蓬莱に縁があったなんて初耳でさ。

……まっ、まさか。その石、載せるんですか。本気かよ。えっ、おい、ほんとにやろうってのか。ちくしょう。やるならやりやがれ。けっ、好きにしろ。

ぎゃあぁぁ。たた、たすけてくれ。

……ああ、そうさ。やったさ。ありゃ、おれたちの仕事だ。いいだろ、だからもう。やったってんだよ。おれと子分で、座敷にいた男と女を殺したのさ。

ふだんの押し込みの仕事とちがうってか。

そりゃ、たまにはあんないたずらだってするさ。なにしろ、……癪《しゃく》にさわってな。おれは、女にもてる男が大嫌いなんだ。だからいいじゃねぇか。やったんだからよ。

へっ、あそこに行きゃ、しっぽりとお愉《たの》しみの連中がいくらでもいるだろ。そいつらを苦しませてやろうとおもったのさ。……それだけだよ。……愉快だろ。しあわせな奴が不幸になるのは愉快じゃねぇか。たまんねぇぜ。

だから、ほんとにそれだけだって。……えっ、頼まれてなんかないぜ。金なんかもらっちゃいねぇ。信じられねぇなんていわれてもな、そうだったんだよ。しかたねぇだろ。

たたたたた、だめだって。おれは、もう気が遠くなってきたぜ。いねぇよ、そんな奴は。頼んだ奴なんかいやしねぇって。……たたたたた。ほんとだよ。堪忍してくれよ。もう気がいっちまうぜ。……小便もらしちまったじゃねぇか。堪忍してくれよ。お願いします。ほんとなんだって。もうゆるしてください……。

いいます。いいます。ぜんぶいいます。へぇ、頼むから石をどけておくんなさい。おねげぇです。すべて洗いざらい話します……。

——坂倉屋平十郎

すべて露顕しましたか。しかたありませんね。……こんなにいただいたんなら、命に代えても口は封じておきますってね、胸を張ってやがったんだが、まあそんなものでしょう。人間なんてぇのは。

そのとおりでございます。わたしが頼んで襲わせました。

女房のとくを殺すつもりだったんです。

あの日、あの座敷では、とくのやつが、夢之丞としっぽり楽しんでるって聞いてました。それで、白波の清六に頼んで襲わせたんです。心中に見せかけて、二人とも殺してくれと頼みました。

そりゃ、腹が煮えくり返っていたからです。あんまり業腹《ごうはら》じゃねぇですか。いくら坂倉屋本家の家付き娘だからって、そんなに好き放題に遊んで生きていいはずはありません。とにかく座敷で二人して死んでいれば心中だ。相対死《あいたいじに》として、奉行所はとり上げたがらない。

大口屋の女中きよにはね、前から金を握《にぎ》らせてました。いっしょに遊びに行く言い訳をたのんだのは、おみつさんじゃなくて、あたしのほうなんですよ。

きよは、もういなかった。

終章　甘露のしぐれ

夏はうだる暑さだった。

右腕は、肩のほうから、腐乱死体のように腐り始めた。ずっと晒《さらし》を巻いていたのに、蛆《うじ》虫《むし》がわいている。


痛みからのがれたい。

つら過ぎる。


十一月だった。

いつもの奥座敷で寝ていると、玉介が駆け込んできた。

「お蝶さまが、浅草寺の人込みで、腹を刺されました」

おれはすぐに起き上がった。

「なんだと……」

「その場でとりおさえられたのは、樽屋与左衛門です」

お蝶は、毎日浅草の観音様にお参りを欠かさない。玉介を供にしていたから安心していたのだが、なんてことだ。


樽屋は揚屋《あがりや》にいれられたが、一晩でゆるされた。薬料と詫《わ》び料に三百両とどけてきた。安いような高いような金額だった。

お蝶は腹が痛むらしく、まるで精気がない。

すぐに青木先生を呼んだ。

「どんなぐあいに痛むんだ」

「……痛んではおりぃせん」

「いいから話してみろ」

「はい。じつは……、しくしく痛うてかないません」

医者の貼《は》った黒い膏薬《こうやく》はちいさなものだ。匕首《あいくち》かなんかをまっすぐに刺されたらしい。なかで腸《はらわた》が切れていなければ助かると医者はいっていた。切れているかどうかは、しばらくしないとわからないらしい。

「腸が切れていたら……」

医者にたずねると、くちびるを舐《な》めた。

「だんだん腹が腫《は》れてきます。半月ばかりで死ぬでしょう」

「苦しいのかい」

「かなり苦しいでしょうね」

「かならず死ぬのか」

「たすかった者は見たことがありません。切れていなかったら、すこし膿《うみ》がでるくらいで治ります。血止めと化膿《かのう》止めをぬってあります」

もう行き止まりだ。

師走の二日だった。

夜明けの透明な空に、甘露が降っている。

お蝶を舟にのせて、大川にでた。お蝶の腹はすっかり膨れて紫色だ。もうもつまい。本人も苦しがっている。

「あとは死ぬしかないのなら、文七さんに殺してほしい。このまま苦しんで死ぬのはいや」

「そうだな」

夜明けの空が明るい桜色にそまってとてもきれいだ。

「舟にのろう。暖かくしてな」

相州物《そうしゅうもの》のわるくない短刀だ。七寸ばかりで短くて細めでにぎりやすい。

二の腕の内側を切った。

たくさん血が流れ出ていく。

もう、恨みなんか、痛みのはるか彼方《かなた》のどこかに消えて、忘れてしまった。

文庫版あとがき、として

ここに数冊の手帳がある。夫、山本兼一のスケジュール帳だ。英国レッツ社製で、B6判の黒いハードカバーだ。彼はこのデザインがとても気に入っていて、毎年買い求めていた。

『心中しぐれ吉原』作者に代わり「あとがき」を書くため、なつかしい手帳を手にした。几帳面《きちょうめん》だった彼は、一日に書いた原稿の枚数を記していた。「ランティエ」で連載していたのは二〇〇八年四月号から二〇〇九年十月号――。直木三十五賞の受賞は、連載の最中だった。

この作品は、雑誌連載から書籍になるまで、ずいぶん年月がたっている。それは彼がプロットから手直しをしたいと、強く願ったからだ。

手帳のページを繰っていると、忘れていた記憶が蘇《よみがえ》ってくる。

立て込んでいた原稿を書き上げ、いよいよ『心中しぐれ吉原』の手直しを始めようとしたころ、肺に腫瘍《しゅよう》が見つかった。

二〇一二年十月入院。手術はせず投薬治療をし、二ヶ月後に退院した。

仕事に復帰した二〇一三年の手帳から、『吉原』の文字を探した。九月九日に『吉原70P』とあった。

「大幅な手直しになったけど、手応《てごた》えがあるんだ」

そう言って、彼はプリントアウトした原稿をわたしに手渡した。

あの日の緊張を思い出した。

分子標的薬で腫瘍を抑えながらの生活だった。わたしは原稿の勢いで、彼の体調を感じようとしていた。

吉原の花魁《おいらん》と男の物語――。近くにいる者として、戸惑うほど大胆に艶《つや》っぽく描かれていた。生き生きとしていた。

とても深刻な病を得ている人の作品とは思えなかった。

『大丈夫、彼はこの作品を書き上げる』

そう確信したことを覚えている。

手帳に書かれた『吉原』の原稿枚数は、十月五日178Pで終わっている。

十月半ばから十二月まで、忙しいスケジュールが記されている。元気に飛び回っていた日々を思い出した。

予定をこなして、再び『吉原』と向かい合おうとした十二月十五日の夜、体調が悪化し再入院となった。今回も病室で仕事をするつもりで、彼はパソコンを持ち込んだ。

毎日わたしのパソコンに、彼からの原稿が届く。わたしはプリントアウトして、病室に届ける。彼はベッドの上で、熱心に推敲《すいこう》していた。

物語が進むにつれ、文七が不幸になり、彼の病状と重なって行く。それが辛《つら》くて一度だけ、

「仕事を休んだら？」

と、言ったことがある。

「平安京をつくる物語と、切ない男女の物語を交互に書いていると、バランスがいい。今を忘れることができるんだ」

まじめに答えた顔が、忘れられない。

彼は花魁の瀬川に文七のことを「まっしぐらな人」と語らせている。わたしは山本兼一こそ、「まっしぐらな人」だと思う。まっしぐらに小説と向き合ったまま、二〇一四年二月十三日、彼は旅立ってしまった。

満中陰法要が終わったころ、担当編集者のKさんから連絡があった。

わたしはパソコンの中の『心中しぐれ吉原』の原稿を探した。書き終えていたかもしれない……。微《かす》かな期待を込めて、フォルダを開けた。

書き終えてはいなかった。

最後の章は、物語の柱が書かれているだけだった。これから情景や心情を書き加えるつもりだったのか。それとも、ここまでが限界だったのか。

自分の命の行方が、主人公の命の行方と重なるとは、どんな心情であったのか。

遺作原稿を、編集部のパソコンへ送信した。出版をあきらめていたところ、

「最後は終章として書体を変えて出版しましょう」

と、提案をしていただいた。

この物語が、少しかわった形で終わっているのは、こうした事情からだ。

物語は主人公、文七の語りで終わっている。

『もう、恨みなんか、痛みのはるか彼方《かなた》のどこかに消えて、忘れてしまった』

これは、ありのままの作者の言葉。病室で、ひと言も弱音を吐かなかったのは、こう言うことだったのか……。それに気づいたとき、そばにいるものとして、辛かった。しかし、出来上がった『心中しぐれ吉原』を手にして思う。

この作品があって、本当によかった。

彼は最後まで作家として生きていられたのだから。

お世話になったみなさま、ありがとうございました。

二〇一六年四月

山本英子

解説

縄田一男

それは、山本兼一さんの代表作で、山岡鉄舟の生涯を描いた『命もいらず名もいらず』が刊行されてしばらくしてからのことだった。

私が銀座のバーで編集者と話をしていると、扉があいて、入ってきたのが、当の山本さんであった。山本さんはA出版のO氏と一緒だった。私はO氏と旧知の間柄だったこともあり、四人揃《そろ》って、ボックス席の方へ移った。

思えばそれが、山本さんとじっくり話をした最初であったと思う。

そのときO氏が

「読んで書いた書評と読まないで書いた書評は、分かりますか?」

というと、山本さんは

「そりゃあ、分かるさ」

と笑いながら、私が書いた『命もいらず名もいらず』の書評の切り抜きを取り出したではないか。

嬉《うれ》しかった。

批評家冥利《みようり》に尽きるとは、こういうことをいうのであろうか。

それから一時間程談笑して別れたのだが、その後、図らずも、山本さんと一緒の仕事をさせていただくことになった。

朝日時代小説大賞の選考委員である。

その選考会の折にも、山本さんの発言は、少しでも候補作の良いところを読み取ろうとし、かつ、誠実で、そのお人柄が偲《しの》ばれた。

その山本さんが急逝されるとは――。

文春の忘年会に出られて、年が明けて間もない頃だったと記憶している。

何故《なぜ》、良い作家ほど早く逝かれるのだろうか。私は信じられない思いでそんなことを考えていた。


さて、本書『心中しぐれ吉原』は、二〇〇八年四月から二〇〇九年十月まで角川春樹事務所のPR誌「ランティエ」に連載された後、加筆・訂正を経て、二〇一四年十月十八日、角川春樹事務所から刊行された山本さんの遺作の一つである。

何故、〝遺作の一つ〟と書いたかというと、当時、山本さんの〝遺作〟が次々に刊行されていて、命を削りながら書かれていたのだなとの感慨を新たにしたからだった。

大竹彩奈《あやな》の装画をあしらった装幀《そうてい》を目にしたとき、山本さん、何とも艶《つや》っぽい作品を残されたものだな、と中味を読みもしないのに思ったのを記憶している。

が、それは間違いではなかった。今回、再読するに当たって、作品が醸し出す、濃密なまでの〝死のエロス〟の空間を十二分に味わうことが出来た。

簡単にいってしまえば、この長篇《ちょうへん》は〝情話〟ではあるのだが、作品のそこここにさまざまな仕掛けが施されているので、解説の方を先に読まれている方は、ぜひ本文へ移っていただきたいと思う。

本書は男女の〝情〟の世界を描きつつ、作者の巧緻《こうち》な計算によって二段がまえの構成となっている。

一つは主人公・文七が、女房みつと人気役者・夢之丞《ゆめのじょう》との心中の謎《なぞ》を追うというもの。当然ながら文七は、みつは誰かに殺されたと考えている。

いま一つは、文七と吉原の花魁・瀬川とのめくるめく陶酔の世界が描かれるというもの――但し、決して下品ではなく、閨房《けいぼう》の描写より、「足の裏から気持ちが浮き立ってくる」等、細部の描写が極上のエロティシズムを支えるいくつもの柱となっている。

後者に関しては、一寸《ちょっと》した趣向がある。

大口屋の大旦那・治兵衛が文七をはじめとする分家の主《あるじ》を集め、彼らに自分が色の道を仕込んだ瀬川と枕《まくら》を交させる。そして瀬川が惚《ほ》れこんだ相手に貸し金の証文を譲ると宣言。

その結果、文七が選ばれることになる。

瀬川はいう――「文七さんは、なんにでもまっしぐらな人だ」と。

そして懇《ねんごろ》になった文七が瀬川にこんなことをいう場面がある。

「金っていうのは、百両か二百両、まあ二、三千両くらいまでのことでな、それ以上は金じゃねぇな」。小判だったら胴巻きに入れて腹に巻いておけばいいが、「一万両の小判を守るには、信用できる人間がたくさんいなけりゃならないんだ」「まして証文なんてのは、ただの紙っ切れだ」「となると、最後に残るのは……」とこれに対して瀬川は「人の心でおすか」と、すかさず返答する。

ここは吉原のことしか知らない瀬川が、世の中はそんな気持ちのやり取りで動いているのだろうと知る要《かなめ》の場面だ。

つまりは偽装心中の謎ときも男女の仲も、世の中の金の動きも、人の心の襞《ひだ》に分け入っていかなければ成功しない。この人の心という目に見えぬものが本書のテーマである。

従って作者は、時に疑心暗鬼に捉《とら》われながらも、心中故に普通の葬式ができず、一人で骨を拾わねばならなかった文七の無念を痛いほどの筆致で描いてゆく。また、文七の支えとなる瀬川の心情も――。

そして松平定信治下の棄捐令《きえんれい》が物語に深く関《かか》わっている点、大胆な伏線の張り方など、見るべき所は多い。

加えて題名のしぐれは、雨の他に涙の謂《いい》もあるが、偽の心中が真の心中となるラストでは、この一組の男女のために読者は落涙を禁じ得ないであろう。

それはまるで、この作者との永訣《えいけつ》をも表わしているかのようだからだ。

題名には確かに〝心中〟の二文字がついている。しかしながら、この傑作は、いつまでも私たちの中で生き続ける。

それは山本兼一さんが本当の小説家だからに他ならない。


（なわた・かずお／文芸評論家）

本書は二〇一四年十月に小社より単行本として刊行されました。

時代小説文庫
や 12-1

心中《しんじゅう》しぐれ吉原《よしわら》

著者　山本兼一《やまもとけんいち》

2016年6月18日第一刷発行

発行者　角川春樹

発行所　株式会社 角川春樹事務所
〒102-0074 東京都千代田区九段南2-1-30 イタリア文化会館

電話　03(3263)5247［編集］　03(3263)5881［営業］

印刷・製本　中央精版印刷株式会社

フォーマット・デザイン&シンボルマーク　芦澤泰偉

本書の無断複製(コピー、スキャン、デジタル化等)並びに無断複製物の譲渡及び配信は、著作権法上での例外を除き禁じられています。また、本書を代行業者等の第三者に依頼して複製する行為は、たとえ個人や家庭内の利用であっても一切認められておりません。定価はカバーに表示してあります。落丁・乱丁はお取り替えいたします。

ISBN978-4-7584-4012-7 C0193 ©2016 Hideko Yamamoto Printed in Japan

http://www.kadokawaharuki.co.jp/［営業］
fanmail@kadokawaharuki.co.jp［編集］　ご意見・ご感想をお寄せください。